未名叢刊之一

小約翰

荷蘭　拂來特力克・望・藹覃　著

魯迅重譯　孫福熙作書面

一九二八年一月印行：一至一千册。

Frederik van Eeden

引言

在我那「馬上支日記」裏，有這樣的一段：——

「到中央公園，徑向約定的一個僻靜處所，壽山已先到，略一休息，便開手對譯「小約翰」。這是一本好書，然而得來却是偶然的事。大約二十年前罷，我在日本東京的舊書店頭買到幾十本舊的德文文學雜志，內中有着這書的紹介和作者的評傳，因爲那時剛譯成德文。覺得有趣，便託丸善書店去買來了；想譯，沒有這力。後來也常常想到，但是總被別的事情岔開。直到去年，纔決計在暑假中將牠譯好，並且登出廣告去，而不料那一暑假過得比別的時候還艱難。今年又記得起來，翻檢一過，疑難之處很不少，還是沒有這力。問壽山可肯同譯，他答應了，于是就開手，並且約定，必須在這暑假期中譯完。」

這是去年，卽一九二六年七月六日的事。那麼，二十年前自然是一九〇六年。所謂文學雜志，紹介着「小約翰」的，是一八九九年八月一日出版的「文學的反響」(Das litterarische Echo)，現在是大概早成了舊派文學的機關了，但那一本却還是第一卷的第二十一期。原作的發表在一八八七年，作者只二十八歲；後十三年，德文譯本纔印出，譯成還在其前，而翻作中文是在發表的四十整年之後，他已經六十八歲了。

日記上的話寫得很單簡，但包含的瑣事却多。留學時候，除了聽講教科書，及抄寫和教科書同種的講義之外，也自有些樂趣，在我，其一是看看神田區一帶的舊書坊。日本大地震後，想必很是兩樣了罷，那時是這一帶書店頗不少，每當夏晚，常常蝟集着一羣破衣舊帽的學生。店的左右兩壁和中央的大牀上都是書，裏面深處大抵跪坐着一個精明的掌櫃，雙目炯炯，從我看去很像一個靜踞網上的大蜘蛛，在等候自投羅網者的有限的學費。但我總不免也如別人一樣，不覺逡巡而入，去看一通，到底是買幾本，弄得很覺得懷裏有些空虛。但那破舊的半月刊「文學的反響」，却也從這樣的處所得到的。

我還記得那時買牠的目標是很可笑的，不過想看看他們每半月所出版的書名和各國文壇的消息，總算過屠門而大嚼，比不過屠門而空嚥者好一些，至于進而購讀羣書的野心，却連夢中也未嘗有。但偶然看見其中所載「小約翰」譯本的標本，即本書的第五章，却使我非常神往了。幾天以後，便跑到南江堂去買，沒有這書，又跑到丸善書店，也沒有，只好就託他向德國去定購。大約三個月之後，這書居然在我手裏了，是茀壘斯(Anna Fles)女士的譯筆，卷頭有賚赫博士(Dr. Paul Raché)

的序文，「內外國文學叢書」(Bibliothek die Gesamt-Litteratur des In-und Auslandes. Verlag von Otto Hendel, Halle a. d. S.) 之一，價只七十五芬湼，卽我們的四角，而且還是布面的！

這誠如序文所說，是一篇「象徵寫實底童話詩」。無韻的詩，成人的童話。因爲作者的博識和敏感，或者竟已超過了一般成人的童話了。其中如金蟲的生平，菌類的言行，火螢的理想，螞蟻的平和論，都是實際和幻想的混合。我有些怕，倘不甚留心于生物界現象的，會因此減少若干興趣。但我預覺也有人愛，只要不失赤子之心，而感到什麼地方有着「人性和他們的悲痛之所在的大都市」的人們。

這也誠然是人性的矛盾，而禍福糾纏的悲歡。人在稚齒，追隨「旋兒」，與造化爲友。福乎禍乎，稍長而竟求知：怎麼樣，是什麼，爲什麼？于是招來了智識慾之具象化：小鬼頭「將知」；逐漸還遇到科學研究的冷酷的精靈：「穿鑿」。童年的夢幻撕成粉碎了；科學的研究呢，「所學的一切的開端，是很好的，——只是他鑽研得越深，那一切也就越淒涼，越黯澹。」——惟有「號碼博士」是幸福者，只要一切的結果，在紙張上變成數目字，他便滿足，算是見了光明了。誰想更進，便得苦痛。爲什麼呢？原因就在他知道若干，却未曾知道一切，遂終于是「人類」之一，不能和自然合體，以天地之心爲心。約翰正是尋求着這樣一本一看便知一切的書，然而因此反得「將知」，反遇「穿鑿」，終不過以「號碼博士」爲師，增加更多的苦痛。直到他在自身中看見神，將徑向「人性和他們的悲痛之所在的大都市」時，纔明白這書不在人間，惟從兩處可以覓得：一是「旋兒」，已失的原與自然合體的混沌；一是「永終」——死，未到的復與自然合體的混沌。而且分明看見，他們倆本是同舟……。

假如我們在異鄉講演，因爲言語不同，有人口譯，那是沒有法子的，至多，不過怕他遺漏，錯誤，失了精神。但若譯者另外加些解釋，申明，摘要，甚而至于闡發，我想，大概是講者和聽者都要討厭的罷。因此，我也不想再說關于內容的話。

我也不願意別人勸我去喫他所愛喫的東西，然而我所愛喫的，却往往不自覺地勸人喫。看的東西也一樣，「小約翰」即是其一，是自己愛看，又願意別人也看的書，于是不知不覺，遂有了翻成中文的意思。這意思的發生，大約是很早的，因爲我久已覺得彷彿對于作者和讀者，負着一宗很大的債了。

然而爲什麽早不開手的呢？「忙」者，飾辭；大原因仍在很有不懂的處所。看去似乎已經懂，一到拔出筆來要譯的時候，却又疑惑起來了，總而言之，就是外國語的實力不充足。前年我確曾決心，要利用暑假中的光陰，仗着一本辭典來走通這條路，而不料並無光陰，我的至少兩三個月的生命，都死在「正人君子」和「學者」們的圍攻裏了。到去年夏，將離北京，先又記得了這書，便和我多年共事的朋友，曾經帮我譯過「工人綏惠略夫」的齊宗頤君，躱在中央公園的一間紅牆的小屋裏，先譯成一部草稿。

我們的翻譯是每日下午，一定不缺的是身邊一壺好茶葉的茶和身上一大片汗。

有時進行得很快，有時爭執得很凶，有時商量，有時誰也想不出適當的譯法。譯得頭昏眼花時，便看看小窗外的日光和綠蔭，心緒漸靜，慢慢地聽到高樹上的蟬鳴，這樣地約有一個月。不久我便帶着草稿到厦門大學，想在那里抽空整理，然而沒有工夫；也就住不下去了，那里也有「學者」。于是又帶到廣州的中山大學，想在那里抽空整理，然而又沒有工夫；而且也就住不下去了，那里又來了「學者」。結果是帶着逃進自己的寓所——剛剛租定不到一月的，很闊，然而很熱的房子——白雲樓。

荷蘭海邊的沙岡風景，單就本書所描寫，已足令人神往了。我這樓外却不同：滿天炎熱的陽光，時而如繩的暴雨；前面的小港中是十幾隻蜑戶的船，一船一家，一家一世界，談笑哭罵，具有大都市中的悲歡。也彷彿覺得不知那里有青春的生命淪亡，或者正被殺戮，或者正在呻吟，或者正在「經營腐爛事業」和作這事業的材料。然而我却漸漸知道這雖然沈默的都市中，還有我的生命存在，縱已節節敗退，我實未嘗淪亡。只是不見「火雲」，時窘陰雨，若明若昧，又像整理這譯稿的時候了。于是以五月二日開手，稍加修正，並且謄清，月底纔完，費時又一個月。

可惜我的老同事齊君現不知漫游何方，自去年分別以來，迄今未通消息，雖有疑難，也無從商酌或爭論了。倘有誤譯，負責自然由我。加以雖然沈默的都市，而時有偵察的眼光，或扮演的函件，或京式的流言，來擾耳目，因此執筆又時時流于草率。務欲直譯，文句也反成蹇澀；歐文清晰，我的力量實不足以達之。「小約翰」雖如波勒兌蒙德說，所用的是「近于兒童的簡單的語言」，但翻譯起來，却已够感困難，而仍得不如意的結果。例如末尾的緊要而有力的一句：“Und mit seinem Begleiter ging er den frostigen Naehtwinde entgegen, den schweren Weg nach der grossen, finstern Stadt, wo die Menschheit war und ihr Whe.” 那下半，被我譯成這樣拙劣的「上了走向那大而黑暗的都市即人性和他們的悲痛之所在的艱難的路」了，冗長而且費解，但我別無更好的譯法，因為倘一解散，精神和力量就很不同。然而原譯是極清楚的：上了艱難的路，這路是走向大而黑暗的都市去的，而這都市是人性和他們的悲痛之所在。

動植物的名字也使我感到不少的困難。我的身邊只有一本「新獨和辭書」，從中查出日本名，再從一本「辭林」裏去查中國字。然而查不出的還有二十餘，這些的譯成，我要感謝周建人君在上海給我查考較詳的辭典。但是，我們和自然一向太疏遠了，即使查出了見于書上的名，也不知道實物是怎樣。菊呀松呀，我們是明白的，紫花地丁便有些模胡，蓮馨花(Primel)則連譯者也不知道究竟是怎樣的形色，雖然已經依着字典寫下來。有許多是生息在荷蘭沙地上的東西，難怪我們不熟悉，但是，例如蟲類中的鼠婦(Kellerassel)和馬陸(Lauferkäfer)，我記得在我的故鄉是只要翻開一塊溼地上的斷磚或碎石來就會遇見的。我們稱後一種爲「臭婆娘」，因爲牠渾身發着惡臭；前一種我未曾聽到有人叫過牠，似乎在我鄉的民間還沒有給牠定出名字；廣州却有：「地猪」。

和文字的務欲近于直譯相反，人物名却意譯，因爲牠是象徵。小鬼頭 Wistik

去年商定的是「葢然」，現因「葢」者疑詞，稍有不妥，索性擅改作「將知」了。科學研究的冷酷的精靈 Pleuzer 即德譯的 Klauber，本來最好是譯作「挑剔者」，挑謂挑選，剔謂吹求。但自從陳源教授造出「挑剔風潮」這一句妙語以來，我即敬避不用，因爲恐怕「閒話」的教導力十分偉大，這譯名也將驀地被解爲「挑撥」。以此爲學者的別名，則行同刀筆，于是又有重罪了，不如簡直譯作「穿鑿」。況且中國之所謂「日鑿一竅而混沌死」，也很像他的將約翰從自然中拉開。小姑娘 Robinetta 我久久不解其義，想譯音；本月中旬託江紹原先生設法作最末的查考，幾天後就有回信：——

ROBINETTA一名，韋氏大字典人名錄未收入。我因爲疑心她與ROBIN是一陰一陽，所以又查ROBIN，看見下面的解釋：——

ROBIN：是ROBERT的親熱的稱呼，

而ROBERT的本訓是「令名赫赫」（！）那麼，好了，就譯作「榮兒」。

英國的民間傳說裏，有叫作 Robin good fellow 的，是一種喜歡惡作劇的妖怪。如果荷蘭也有此說，則小姑娘之所以稱爲 Robinetta 者，大概就和這相關。因爲她實在和小約翰開了一個可怕的大玩笑。

「約翰跋妥爾」一名「愛之書」，是「小約翰」的續編，也是結束。我不知道別國可有譯本；但據他同國的波勒兌蒙德說，則「這是一篇象徵底散文詩，其中並非敘述或描寫，而是號哭和歡呼」；而且便是他，也「不大懂得」。

原譯本上賚赫博士的序文，雖然所說的關于本書並不多，但可以略見十九世紀八十年代的荷蘭文學的大概，所以就譯出了。此外我還將兩篇文字作爲附錄。一郎本書作者拂來特力克望藹覃的評傳，載在「文學的反響」一卷二十一期上的。評傳的作者波勒兌蒙德，是那時荷蘭著名的詩人，賚赫的序文上就說及他，但于他的詩頗致不滿。他的文字也奇特，使我譯得很有些害怕，想中止了，但因爲究竟可以知道一點望藹覃的那時爲止的經歷和作品，便索性將牠譯完，算是一種徒勞的工作。

末一篇是我的關于翻譯動植物名的小記，沒有多大關係的。

評傳所講以外及以後的作者的事情，我一點不知道。僅隱約還記得歐洲大戰的時候，精神底勞動者們有一篇反對戰爭的宣言，中國也曾譯載在「新青年」上，其中確有一個他的署名。

一九二七年五月三十日，魯迅于廣州東堤寓樓之西窗下記。

原序

在我所譯的科貝路斯的「運命」(Couperus' Noodlot) 出版後不數月，能給現代荷蘭文學的第二種作品以一篇導言，公之于世，這是我所歡喜的。在德國迄今對于荷蘭的少年文學的漠視，似乎逐漸消滅，且以正當的尊重和深的同情的地位，給與這較之其他民族的文學，所獲並不更少的荷蘭文學了。

人們于荷蘭的著作，只給以僅少的注重，而一面于凡有從法國，俄國，北歐來的一切，則熱烈地嚮往，最先的原因，大概是由于久已習慣了的成見。自從十七世紀前葉，那偉大的詩人英雄約思忒望覃蓬兌勒 (Joost, van den Bondel, 1587-1679) 以他的圓滿的表現，獲得荷蘭文學的花期之後，荷蘭的文學底發達便入于靜止狀態，這在時光的流駛裏，其意義即與長久的退化相同了。凡荷蘭人的可駭的保守的精神，舊習的拘泥，得意的自滿，因而對于進步的完全的漠視，永不願有所動搖——這些都忠實地在文學上反映出來，也便將她做成了一個無聊的文學。他們的講道德和教導的苦吟的橫溢，不可忍受的寬泛，溫暖和深入的心聲的全缺，荷蘭文學是久爲站在 Mynheer 和 Mevouw（譯者注：荷蘭語，先生和夫人）的狹隘細小的感覺範圍之外的人們所不能消受的。

在幾個成功的嘗試之後，至八十年代的開頭，荷蘭文學上纔發生了新鮮活潑的潮流，將她從古老的舊弊中撕出了。我在這里應該簡略地記起幾個人，在荷蘭著作界上，他們是取得舊和新傾向之間的中間位置的，並且也可以看作現代理想的智力的提倡者，在最後的幾年，他們都在荷蘭讀者的文學底見解上，喚起了一種很大的轉變來。

這里首先應該稱道的是天才的台凱爾（Eduard Douwes Dekker. 1820—87），

他用了謨勒泰都黎（Multatuli）這一個名號作文，而他一八六〇年所發表的傳奇小說"Max Havelaar"，在文學上也造成了分明的變動。這書是將嶄新的材料輸入于文學的，此外還因爲描寫的特殊體格，那荷蘭散文的溫暖生動的心聲，便突然付與了迄今所不識的圓熟和轉移，所以這也算作荷蘭的文學底發達上的一塊界石。謨勒泰都黎之次，在此所當列舉的是兩個批評家兼美學家蒲司堪海忒（C. Busken-Huet 1826-86）和孚斯美爾（Karl Vosmaer. 1826-88）。雖然孚斯美爾晚年時，當新傾向發展起來的時候，對之頗爲漠視，遂在青年中造成許多敵人，然而他確有不可紛爭的勞績，曾給新傾向開路，直到一個一定之點，于是他們能够從此前進了。新理想的更勇敢的先鋒是蒲司堪海忒，他在「文學底幻想和批評」這標題之中，所集成的論著，是在凡有荷蘭底精神所表出的一切中，最爲圓滿的了。

人也可以舉出波士本圖珊夫人（Gertrude Bosboom-Toussaint. 1812-86）作爲一個新傾向的前驅，他的最初的傳奇小說和人情小說，是還站在盤旋于自滿的寬泛中的範圍裏和應用普通材料的舊荷蘭史詩上的，但後來却轉向社會底和心理學底問題，以甚大的熟練，運用于幾種傳奇小說上，如"Major Frans"及"Raymond de schrijnwerker"。

繼八十年代初的新傾向之後，首先的努力，是表面的，對于形式。人們爲韻文和散文尋求新的表現法，這就給荷蘭語的拙笨弄到了流動和生命。于是先行試驗，將那已經全沒在近兩世紀由冷的回想所成的詩的塵芥之中的，直到那時很被忽略了的抒情詩，再給以榮譽。直到那時候，幾乎沒有一篇荷蘭的抒情詩可言，現在則這些不憚于和別民族的相比較的抒情詩，已佔得强有力的地位了。

在這里，那青年夭死的沛克(Jacques Perk, 1860—81)首先值得聲敍，他那一八八三年出版的詩，始將一切的優秀聯合起來，以極短的時期，助荷蘭的抒情詩在世界文學上得了光榮的位置。

少年荷蘭的抒情詩人中，安忒衛普（Antwerp）人波勒兌蒙德（Pol de Mont,

geb. 1859）實最著名于德國。他那在許多結集上所發表的詩，因爲思想的新穎和勇敢，還因爲異常的形式的圓滿，遂以顯見。他對于無可非議的外形的努力，過于一切，往往大不利于他的詩。加以他的偏愛最煩重最複雜的韻律，致使他的詩頗失掉些表現的簡單和自然，而這些是抒情底詩類的第一等的必要。

一切的形式圓滿，而有表現的自然者，從一八五九年生于亞摩斯達登（Amsterdam）的斯華司（Helene Swarth）可以覓得。她受教育于勃呂舍勒（Brussel），較之故鄉的語言，却是法蘭西語差堪自信，因此她最初發表的兩本詩集，"Fleurs du Rêve"（1879）和"Les Printanières"（1881），也用法蘭西語的。後來她纔和荷蘭文學做了親近的相識，但她于此却覺得熟悉不如德文。這特在她的精神生活上，加了深而持久的效力。她怎樣地在極短時期中，闖入了幼時本會熟習，而現在這纔較爲深信了的荷蘭語的精神裏，是她用這種語言的第一種著作"Eenzame Bloemen"（1883）就顯示着的，在次年的續集"Blauwe Bloemen"裏便更甚了。後來她還發表了許多小本子的詩，其中以"Sneeuwvlohken"(1888)和"Passiebloemen"(1892)爲最有凡新荷蘭的抒情詩所能表見的圓滿。

繁盛地開着花的荷蘭抒情詩的別的代表者，還可稱道的是普林思(J. Winkker Prins)，科貝路斯(Louis Couperus)，跋爾衞(Albert Verwey)，望藹覃(Frederik van Eeden)，戈爾台爾(Simon Gorter)，珂斯台爾(E. B. Koster)及其他等等。

固有的現代的印記，即在最近時代通過一切文學而賦給以新的理想和見解的大變動，一到荷蘭文學上，其效力在抒情詩却較在起于八十年代後半的小說爲少。外來的影響，是無可否認的。顯著的是法蘭西，荷蘭和牠向來就有活潑的精神的往還，這便在少年文學上收了效果。弗羅培爾(Flaubert)，左拉(Zola)，恭果爾們(Goncourts)，一部分也有蒲爾治(Bourget)和舒士曼(Huysmans)，聯合了屢被翻譯的俄國和北歐的詩人，在現代荷蘭小說的發達上加了一個廣遠的影響。

現代荷蘭散文作家的圓舞烈契爾(Frans Retscher)，以他的兩部小說集「裸體模特兒之研究」和「我們周圍的人們」揭曉。這些小說，因爲牠們的苦悶的實況的寫，往往至于無聊。其餘則不壞，除了第一本結集使人猜作以廣告爲務的名目。

實況的描寫較爲質實的是蒂讀 (Alberdingk Thym)，以望兌舍勒 (L. van Deyssel)的假名寫作，那兩本小說「愛」和「小共和國」，都立了强有力的才士的證明，雖然他的小說得到一般的趣味時，他也還很站在摹仿的區域裏。

在新近的荷蘭的詩家世代之中，最年青而同時又最顯著的，是那已經說過的科貝路斯 (Louis Couperus)，生于一八六三年。當他已以詩人出名之後，在一八九〇年公表了一種傳奇小說"Eline Vere"。在那里，他給我們從荷蘭首都的社會世界裏，提出巧妙的典型來。落于心理學底小說的領域內較甚者，是他兩種後來的公布，一八九一年的"Noodlot"(運命)和一八九二年的"Extaze"。在凡有現代荷蘭文學迄今所能做到的一切中，Noodlot 確是最獨立和最藝術的優秀的創作。

已經稱道的之外，還有一大列現代的敍事詩人在勞作，我要從他們中略敍其最顯著者。

一個特殊的有望的才士是兌斯丕(Vosmeer de Spie)，他那往年發表的心理學底小說“Een Passie”（傷感），激起了相當的注視，藹曼茲（Marcellus Emants）以蒲爾治的摹仿者出名，曾公布了不少的可取的小說。同時，什普干斯（Emile Scipgens）也以人情小說家顯達。作爲傳奇小說作家，還可稱道的是望格羅寧干（van Groeningen）和亞萊德里諾（A. Aletrino），他們的小說“Martha de Bruin”和“Zuster Bertha”，可算作現代荷蘭文學中的最好的作品。倘我臨末還說及兌美斯台爾（Johan de Meester），他的小說“Een Huwelijk”（嫁娶）正如他的巴黎的影畫“Parijsche Schimmen”，證明着優秀的觀察才能，則我以爲已將現代文學，憑其卓越的代表者們而敬敍了。

在一八八五年，新傾向也創立了一種機關，“de Nieuwe Gids”（新前導），這樣立名，是因爲對待舊的荷蘭的月刊"de Gids"。這新的期刊是一種戰鬥和革命的機關，對于文學上的瑣屑和陳腐，鋒利而且毫無顧慮地布成戰線，還給新理想勇敢地開出道路來。現今是新傾向在荷蘭也闖通了，最高貴的期刊也爲他們開了欄，而那舊的「前導」，那後來一如既往，止爲荷蘭的最著名的文學機關的，是成了那樣的期刊，即將科貝路斯的小說，首先提出于荷蘭的讀者了。

可以看作羣集于「新前導」周圍的青年著作家的精神的領袖的，是拂來特力克望藹覃（Frederik van Eeden），象徵寫實底童話詩「小約翰」的作者，那新的期刊即和牠一同出世，並且由德文的翻譯，使讀者得以接近了。我在下面，將應用了譯者給我的樣樣的說明，爲這全體世界文學中不見其比的，如此完全奇特的，純詩的故事的作者交出一二切近的報告。

一八六〇年生于哈來謨（Haarlem），望藹覃從事于醫學的研究，以一八八六年畢業。他爲富裕的父母的兒子，他遂可以和他的本業，在課餘時一同研習他向來愛好的文學。

當大學生時，他已以幾篇趣劇的作者出名，其中的兩篇，曾開演于亞摩斯達登和洛泰登（Rotterdam）的劇場，得了大的功效。「小約翰」的發表，在一八八五年，只一下，便將他置身于荷蘭詩人的最前列了。他的智識的廣博，在他的各種小篇文字中，明白地表示着。那他所共同建立的機關，也逐年一律揭出論著來，論荷蘭的，法蘭西的或英吉利的文學，論社會問題，論科學的對象，無不異常分明，因了他所表出的分明的論證。他也以抒情詩人顯，在荷蘭迄今所到達的抒情詩裏，他的詩也可以算是最好的。一八九〇年他發表了一篇較大的詩，「愛倫，苦痛之歌」(德譯"Ellen, ein Lied des Schmerzes")，遠勝于他先前的著作，並且在近數十年的一切同類作品中佔了光榮的地位。一八八六年受了學位之後，藹覃便到南希（Naucy），在有名的力波爾（Liébaul）的學校裏研究催眠醫術（Hypnotische Heilmethode）。此後不久，他在亞摩斯達登設立了一所現在很是繁忙的心理治療法（Psychotherapie）的施醫院。在接近亞摩斯達登的一處小地方蒲松（Bussum），他造起一所幽靜的藝術家住所來，他在他的眷屬中間，可以休息他的努力的職務，並且不攪亂地生活于他的藝術。在那里，在鄉村的寂寞的沈靜中，新近他完成了一種較大的作品，「約翰跋妥爾，愛之書」（德譯"Johannes Viator, das Buch von der Liebe"）。在這密接下文的詩的作品中，那成熟的藝術家，將凡有「小約翰」的作者使人期待的事都圓滿了。

願這譯本也在德國增加新朋友，並且幫助了我們對于荷蘭文學的漸漸蘇醒的興趣，至于穩固和進步。

一八九二年七月，在美因河邊之法蘭克福（Frankfurt am Main）。

保羅・賚赫。

小約翰

一

我要對你們講一點小約翰。我的故事，那韻調好像一篇童話，然而一切全是曾經實現的。設使你們不再相信了，你們就無須看下去，因爲那就是我並非爲你們而作。倘或你們遇見小約翰了，你們對他也不可提起那件事，因爲這使他痛苦，而且我便要後悔，向你們講說這一切了。

約翰住在有大花園的一所老房子裏。那裏面是很不容易明白的，因爲那房子裏是許多黑暗的路，扶梯，小屋子，還有一個很大的倉庫，花園裏又到處是保護牆和温室。這在約翰就是全世界。他在那裏面能够作長遠的散步，凡他所發見的，他就給與一個名字。爲了房間，他所發明的名字是出于動物界的：毛蟲庫，因爲他在那里養過蟲；雞小房，因爲他在那里尋着過一隻母雞。但這母雞却並非自己跑去的，倒是約翰的母親關在那里使牠孵卵的。爲了園，他從植物界裏選出名字來，特別着重的，是于他緊要的出產。他就區別爲一個覆盆子山，一個梨樹林，一個地莓谷。園的最後面是一塊小地方，就是他所稱爲天堂的，那自然是美觀的囉。那里有一片浩大的水，是一個池，其中浮生着白色的睡蓮，蘆葦和風也常在那里絮語。那一邊站着幾個沙岡。這天堂原是一塊小草地在岸的這一邊，由叢莽環繞，野凱白勒茂盛地生在那中間。約翰在那里，常常躺在高大的草中，從波動的蘆葦葉間，向着水那邊的岡上眺望。當炎熱的夏天的晚上，他是總在那里的，並且凝視許多時光，自己並不覺得厭倦。他想着又靜又淸的水的深處，在那奇特的夕照中的水草之間，有多麼太平，他于是又想着遠的，浮在岡上的，光怪陸離地著了色的雲彩，——那後面是怎樣的呢，那地方是否好看的呢，倘能够飛到那里去。太陽一落，這些雲彩就堆積到這麼高，至于像一所洞府的進口，在洞府的深處還照出一種淡紅的光來。這正是約翰所期望的。「我能够飛到那里去麼！」他想。「那後面是怎樣的呢？我將來眞，眞能够到那里去麼？」

他雖然時常這樣地想望，但這洞府總是散作濃濃淡淡的小雲片，他倒底也沒有能够靠近牠一點。于是池邊就寒冷起來，潮溼起來了，他又得去訪問老屋子裏的他的昏暗的小屋子。

他在那里住得並不十分寂寞；他有一個父親，是好好地撫養他的，一隻狗，名叫普烈斯多，一隻貓，叫西蒙。他自然最愛他的父親，然而普烈斯多和西蒙在他的估量上却並不這麼很低下，像在成人的那樣。他還相信普烈斯多比他的父親更有很多的祕密，對于西蒙，他是懷着極深的敬畏的。但這也不足爲奇！西蒙是一匹大的貓有着光亮烏黑的皮毛，還有粗尾巴。人們可以看出，牠頗自負牠自己的偉大和聰明。在牠的景况中，牠總能保持牠的成算和尊嚴，即使牠自己屈尊，和一個打滾的木塞子游嬉，或者在樹面後呑下一個遺棄的沙定魚頭去。當普烈斯多不馴良的胡鬧的時候，牠便用碧綠的眼睛輕蔑地瞋視牠，並且想：哈哈，這獃畜生此外不再懂得什麼了。

約翰對牠懷着敬畏的事，你們現在懂得了麼？和這小小的櫻色的普烈斯多，他却交際得極其情投意合。牠並非美麗或高貴的，然而是一匹出格的誠懇而明白的動物，人總不能使牠和約翰離開兩步，而且牠于牠主人的講話是耐心地謹聽的。我很難于告訴你們，約翰怎樣地摯愛這普烈斯多。但在他的心裏，却還剩着許多空間，爲別的物事。他的帶着小玻璃窗的昏暗的小房間，在那里也佔着一個重要的位置，你們覺得奇怪罷？他愛那地毯，那帶着大的花紋的，在那裏面他認得臉面，還有牠的形式，他也察看過許多回，如果他生了病，或者早晨醒了躺在牀上的時候；——他愛那惟一的掛在那里的小畫，上面是做出不動的游人，在尤其不動的園中散步，順着平滑的池邊，那裏面噴出齊天的噴泉，還有媚人的天鵞正在游泳。然而他最愛的是時鐘。他總以極大的謹愼去開牠；倘若牠敲起來了，就看牠，以爲這算是隆重的責任。但這自然只限于約翰還未睡去的時候。假使這鐘因爲他的疏忽而停住了，約翰就覺得很抱歉，他于是千百次的請他寬容。你們大概是要笑的，倘你們聽到了他和他的鐘或他的房間在談話。然而留心罷，你們和你們自己怎樣地時常談話呵。這在你們全不以爲可笑。此外約翰還相信，他的對手是完全懂得的，而且並不要求回答。雖然如此，他暗地裏也還偶爾等候着鐘或地毯的回音。

約翰在學校裏雖然還有夥伴，但這却並非朋友。在校內他和他們玩耍和合夥，在外面還結成强盜團（註），——然而只有單和普烈斯多在一起，他纔覺得實在的舒服。于是他不願意孩子們走近，自己覺得完全的自在和平安。

他的父親是一個智慧的，懇切的人，時常帶着約翰向遠處游行，經過樹林和岡阜。他們就不很交談，約翰跟在他的父親的十步之後，遇見花朶，他便問安，並且友愛地用了小手，撫摩那永遠不移的老樹，在粗糙的皮質上。于是這好意的巨物們

註——Räuberbande，一種游戲的名目。

便在瑟瑟作響中向他表示牠們的感謝。

在途中，父親時常在沙土上寫字母，一個又一個，約翰就拼出牠們所造成的字來，——父親也時常站定，並且教給約翰一個植物或動物的名字。

約翰也時常發問，因為他看見和聽到許多謎。獃問題是常有的；他問，何以世界是這樣，像現在似的，何以動物和植物都得死，還有奇蹟是否也能出現。然而約翰的父親是智慧的人，他並不都說出他所知道的一切。這于約翰是好的。

晚上，當他躺下睡覺之前，約翰總要說一篇長長的禱告。這是管理孩子的姑娘這樣敎他的。他為他父親和普烈斯多禱告。西蒙用不着這樣，他想。他也為他自己禱告得很長，臨末，幾乎永是發生那個希望，將來總會有奇蹟出現的。他說過「亞門」之後，便滿懷期望地在半暗的屋子中環視，到那在輕微的黃昏裏，比平時顯得更其奇特的地毯上的花紋，到門的把手，到時鐘，從那里是很可以出現奇蹟的。但那鐘總是這麼鏑䥯鏑䥯地走，把手是不動的，天全暗了，約翰也酣睡了，沒有到奇蹟的出現。然而總有一次得出現的，這他知道。

二

池邊是悶熱和死靜。太陽因爲白天的工作，顯得通紅而疲倦了，當未落以前，暫時在遠處的岡頭休息。光滑的水面，幾乎全映出牠熾烈的面貌來。垂在池上的山毛櫸樹的葉子，趁着平靜，在鏡中留神地端相着自己。孤寂的蒼鷺，那用一足站在睡蓮的闊葉之間的，也忘却了牠曾經出去捉過蝦蟆，只沈在遐想中凝視着前面。

這時約翰來到草地上了，爲的是看看雲彩的洞府。撲通，撲通！蝦蟆從岸上跳下去了。水鏡起了波紋，太陽的像裂成寬闊的絲帶，山毛櫸樹的葉子也不高興地顫動，因爲他的自己觀察還沒有完。

山毛櫸樹的露出的根上繫着一隻舊的，小小的船。約翰自己上去坐，是被嚴厲地禁止的。唉！今晚的誘惑是多麼强呵！雲彩已經造成一個很大的門；太陽一定是要到那後面去安息。輝煌的小雲排列成行，像一隊全甲的衛士。水面也發出光閃，紅的火星在蘆葦間飛射，箭也似的。

約翰慢慢地從山毛櫸樹的根上解開船纜來。浮到那里去，那光怪陸離的中間！普烈斯多當牠的主人還未準備之先，已經跳上船去了，蘆葦的幹子便分頭彎曲，將他們倆徐徐趕出，到那用了牠最末的光照射着他們的夕陽那里去。

約翰倚在前艙，觀覽那光的洞府的深處。——「翅子！」他想，「現在，翅子，往那邊去！」——太陽消失了。雲彩還在發光。東方的天作深藍色。柳樹沿着岸站立成行。牠們不動地將那狹的，白色的葉子伸在空氣裏。這垂着，由暗色的後面的襯託，如同華美的淺綠的花邊。

靜着！這是什麼呢？水面上像是起了一個吹動——像是將水劈成一道深溝的微風的一觸。這是來自沙岡，來自雲的洞府的。

當約翰四顧的時候，船沿上坐着一個大的藍色的水蜻蜓。這麼大的一個是他向來沒有見過的。牠安靜地坐着，但牠的翅子抖成一個大的圈。這在約翰，似乎牠的翅子的尖端形成了一枚發光的戒指。

「這是一個蛾兒罷，」他想，「這是很少見的。」

指環只是增大起來，牠的翅子又抖得這樣快，至使約翰只能看見一片霧。而且慢慢地覺得牠，彷彿從霧中亮出兩個漆黑的眼睛來，並且一個嬌小的，苗條的身軀，穿着淺藍的衣裳，坐在大蜻蜓的處所。白的旋花的冠戴在金黃的頭髮上，肩旁還垂着透明的翅子，肥皂泡似的千色地發光。約翰戰慄了。這是一個奇蹟！

「你要做我的朋友麼？」他低聲說。

對生客講話，這雖是一種異樣的儀節，但此地一切是全不尋常的。他又覺得，似乎這陌生的藍東西在他是早就熟識的了。

「是的，約翰！」他這樣地聽到，那聲音如蘆葦在晚風中作響，或是淅瀝地灑在樹林的葉上的雨聲。

「我怎樣稱呼你呢？」約翰問道。

「我生在一朶旋花的花托裏，叫我旋兒罷！」

旋兒微笑着，並且很相信地看着約翰的眼睛，致使他心情覺得異樣地安樂。

「今天是我的生日，」旋兒說，「我就生在這處所，從月亮的最初的光線和太陽的最末的。人說，太陽是女性的，但他並不是，他是我的父親！」

約翰便慨諾，明天在學校裏去說太陽是男性的。

「看哪！母親的圓圓的白的臉已經出來了。——謝天，母親！唉！不，她怎麼又晦暗了呢！」

旋兒指着東方。在灰色的天際，在柳樹的暗黑地垂在晴明的空中的尖葉之後，月亮大而燦爛地上升，並且裝着一副很不高興的臉。

「唉，唉，母親！——這不要緊。我能够相信他！」

那美麗的東西高興地顫動着翅子，還用他揑在手裏的燕子花來打約翰，輕輕地在面龐上。

「我到你這里來，在她是不以爲然的。你是第一個。但我相信你，約翰。你永不可在誰的面前提起我的名字，或者講說我。你允許麼？」

「可以，旋兒，」約翰說。這一切于他還很生疏。他感到莫可名言的幸福，然而怕，他的幸福是笑話。他做夢麼？靠近他在船沿上躺着普烈斯多，安靜地睡着。他的小狗的溫暖的呼吸使他寧帖。蚊虻們盤旋水面上，並且在菩提樹空氣中跳舞，也如平日一般。周圍的一切都這樣淸楚而且分明；這應該是眞實的。他又總覺得旋兒的深信的眼光，怎樣地停留在他這里。于是那腴潤的聲音又發響了：

「我時常在這里看見你，約翰。你知道我在什麼地方麼？——我大抵坐在池的沙地上，繁密的水草之間，而且仰視你，當你爲了喝水或者來看水甲蟲和鯢魚，在水上彎腰的時候。然而你永是看不見我。我也往往從茂密的蘆葦中窺看你。我是常在那里的。天一熱，我總在那里睡覺，在一個空的鳥巢中。是呵，這是很柔軟的。」

旋兒高興地在船沿上搖幌，還用他的花去撲飛蚊。

「現在我要和你作一個小聚會。你平常的生活是這麼簡單。我們要做好朋友，我還要講給你許多事。比學校教師給你綱上去的好得多。他們什麼都不知道。我有好得遠遠的來源，比書本子好得遠。你倘若不信我，我就教你自己去看，去聽去。我要攜帶你。」

「阿，旋兒，愛的旋兒！你能帶我往那里去麼？」約翰嚷着，一面指着那邊，是落日的紫光正在黃金的雲門裏放光的處所。——這華美的巨象已經怕要散作蒼黃的煙霧了。但從最深處，總還是衝出淡紅的光來。

旋兒凝視着那光，那將他美麗的臉和他的金黃的頭髮渡上金色的，並且慢慢地搖頭。

「現在不！現在不，約翰。你不可立刻要求得太多。我自己就從來沒有到過父親那里哩。」

「我是總在我的父親那里的，」約翰說。

「不！那不是你的父親。我們是弟兄，我的父親也是你的。但你的母親是地，我們因此就很各別了。你又生在一個家庭裏，在人類中，而我是在一朵旋花的花托上。這自然是好得多。然而我們仍然能够很諒解。」

于是旋兒輕輕一跳，到了在輕裝之下，毫不搖動的船的那邊，一吻約翰的額。

但這于約翰是一種奇特的感覺。這是，似乎周圍一切完全改變了。他覺得，這時他看得一切都更好，更分明。他看見，月亮現在怎樣更加友愛地向他看，他又看見，睡蓮怎樣地有着面目，這都在詫異地沉思地觀察他。現在他頓然懂得，蚊虻們爲什麽這樣歡樂地上下跳舞，總是互相環繞，高高低低，直到牠們用牠們的長腿觸着水面。他于此早就仔細地思量過，但這時却自然懂得了。

他又聽得，蘆葦絮語些什麼，岸邊的樹木如何低聲歎息，說是太陽下去了。

「阿，旋兒！我感謝你，這確是可觀。是的，我們將要很瞭解了。」

「將你的手交給我，」旋兒說，一面展開彩色的翅子來。他于是拉着船裏的約翰，經過了在月光下發亮的水薔薇的葉子，走到水上去。

處處有一匹蝦蟆坐在葉子上。但這時牠已不像約翰來的時候似的跳下水去了。牠只向他略略鞠躬，並且說：「閣閣！」約翰也用了同等的鞠躬，回報這敬禮。他毫不願意顯出一點傲慢來。

于是他們到了蘆葦旁，——這很廣闊，他們還未到岸的時候，全船就隱沒在那裏面了。但約翰却緊牽着他的同伴，他們就從高大的幹子之間爬到陸地上。

約翰很明白，他變爲很小而輕了，然而這大概不過是想像。他能够在一枝蘆幹上爬上去，他却是未曾想到的。

「留神罷，」旋兒說，「你就要看見好看的事了。」

他們在偶然透過幾條明亮的月光的，昏暗的叢莽之下，穿着豐草前行。

「你晚上曾在岡子上聽到過蟋蟀麼，約翰？是不是呢，牠們像是在合奏，而你總不能聽出，那聲音是從什麼地方來的。唔，牠們唱，並非爲了快樂，你所聽到的那聲音，是來自蟋蟀學校的，成百的蟋蟀們就在那里練習牠們的功課。靜靜的罷，我們就要到了。」

嘶爾爾！嘶爾爾！

叢莽露出光來了，當旋兒用花推開草莖的時候，約翰看見一片明亮的，開闊的地面，小蟋蟀們就在那里做着那些事，在薄的，狹的岡草上練習牠們的功課。

嘶爾爾！嘶爾爾！

一個大的，肥胖的蟋蟀是教員，監視着學課。學生們一個跟着一個的，向牠跳過去，總是一跳就到，又一跳回到原地方。有誰跳錯了，便該站在地菌上受罰。

「好好地聽着罷，約翰！你也許能在這里學一點，」旋兒說。

蟋蟀怎樣地回答，約翰很懂得。但那和教員在學校裏的講說，是全不相同的。最先是地理。牠們不知道世界的各部分。牠們只要熟悉二十六個沙岡和兩個池。凡有較遠的，就沒有人能夠知道一點點。那教師說，凡講起這些的，不過是一種幻想罷了。

這回輪到植物學了。牠們于此都學得不錯，並且分給了許多獎賞：各樣長的，特別嫩的，脆的草幹子。但約翰最爲驚奇的是動物學。動物被區分爲跳的，飛的和爬的。蟋蟀能夠跳和飛，就站在最高位；其次是蝦蟆。鳥類被牠們用了種種憤激的表示，說成最大的禍害和危險。最末也講到人類。那是一種大的，無用而有害的動物，是站在進化的很低的階級上的，因爲這旣不能跳，也不能飛，但幸而還少見。一個小蟋蟀，還沒有見過一個人，誤將人類數在無害的動物裏面了，就得了草幹子的三下責打。

約翰從來沒有聽到過這等事！

教師忽然高呼道：「靜着！練跳！」

一切蟋蟀們便立刻停了學習，很敏捷很勤快地翻起筋斗來。胖教員帶領着。

這是很滑稽的美觀，致使約翰愉快得拍手。牠們一聽到，全校便驟然在岡上迸散，草地上也即成了死靜了。

「唉，這是你呀，約翰！你舉動不要這麼粗蠻！大家會看出，你是生在人類中的。」

「我很難過，下回我要好好地留心，但那也實在太滑稽了。」

「滑稽的還多哩，」旋兒說。

他們經過草地，就從那一邊走到岡上。呸！這是厚的沙土裏面的工作；——但待到約翰抓住旋兒的透明的藍衣，他便輕易地，迅速地飛上去了。岡頭的中途是一匹野兎的窠。在那里住家的兎子，用頭和爪躺在洞口，以享受這佳美的夜氣。岡薔薇還在蓓蕾，而牠那細膩的，嬌柔的香氣，是混和着生在岡上的麝香草的花香。

約翰常看見野兎躱進牠的洞裏去，一面就自己問：「那裏面是什麼情形呢？能有多少聚在那里呢？牠們不擔心麼？」

待到他聽見他的同伴在問野兎，是否可以參觀一回洞穴，他就非常高興了。

「在我是可以的，」那兎說。「但適値不湊巧，我今晚正把我的洞穴交出，去開一個慈善事業的典禮了，因此在自己的家裏便並不是主人。」

「哦，哦，是出了不幸的事麼？」

「唉，是呵！」野兎傷感地說。「一個大大的打擊，我們要幾年痛不完。從這里一千跳之外，造起一所人類的住所來了。這麼大，這麼大！——人們便搬到那里去了，帶着狗。我家的七個分子，就在那里被禍，而無家可歸的還有三倍之多。于老鼠這一夥和土撥鼠的家屬尤爲不利。癩蝦蟆也大受侵害了。于是我們便爲着遺族們開一個會，各人能什麼，他就做什麼；我是交出我的洞來。大家總該給牠們的同類留下一點什麼的。」

富于同情的野兎歎息着，並且用牠的右前爪將長耳朶從頭上拉過來，來拭乾一滴淚。這樣的是牠的手巾。

岡草裏索索地響起來，一個肥胖的，笨重的身軀來到洞穴。

「看哪！」旋兒大聲說，「碩鼠伯伯來了。」

那碩鼠並不留心旋兒的話，將一枝用乾葉包好的整穀穗，安詳地放在洞口，就靈敏地跳過野兎的脊梁，進洞去了。

「我們可以進去麽？」實在好奇的約翰問。「我也願意捐一點東西。」

他記得衣袋裏還有一個餅乾。當他拿了出來時，這纔確實覺到，他變得怎樣地小了。他用了兩隻手纔能將這捧起來，還詫異在他的衣袋裏怎麽會容得下。

「這是很少見，很寶貴的！」野兎囑着……「好闊綽的禮物！」

牠十分恭敬地允許兩個進門。洞裏很黑暗；約翰願意使旋兒在前面走。但即刻他們看見一點淡綠的小光，向他們近來了。這是一個火螢，爲要使他們滿意，來照他們的。

「今天晚上看來是要極其漂亮的，」火螢前導着說。「這里早有許多來客了。」

我覺得你們是妖精，對不對？」那火螢一面看定了約翰，有些懷疑。

「你將我們當作妖精去禀報就是了，」旋兒回答說。

「你們可知道，你們的王也在赴會麼？」火螢接着道。

「上首在這里麼？這使我非常喜歡！」旋兒大聲說，「我本身和他認識的。」

「阿呀！」火螢說，——「我不知道我有光榮，」因爲驚訝，牠的小光幾乎消滅了。「是呵，陛下平時最愛的是自由空氣，但爲了慈善的目的，他倒是什麼都可以的。這要成爲一個很有光彩的會罷。」

那也的確。兎子建築裏的大堂，是輝煌地裝飾了。地面踏得很堅實，還撒上含香的麝香草；進口的前面用後脚斜掛着一隻蝙蝠；牠禀報來客，同時又當着簾幙的差。這是一種節省的辦法。大堂的牆上都用了枯葉，蛛網，以及小小的，掛着的小蝙蝠極有趣致地裝璜着。無數的火螢往來其間，還在頂上盤旋，造成一個動心的活動的照耀。大堂上面是朽爛的樹幹所做的寶座，放着光，弄出金剛石一般的結果來。這是一個輝煌的情景！

早有了許多來客了。約翰在這生疏的環境中，覺得只像在家裏的一半，惟有緊緊地靠着旋兒。他看見稀奇的東西。一四土撥鼠極有興會地和野鼠議論着美觀的燈和裝飾。一個角落裏坐着兩個肥胖的癩蝦蟆，還搖着頭訴說長久的旱天。一個蝦蟆想挽着手引一個蝎虎穿過大堂去，這于牠很爲難，因爲牠是略有些神經興奮和躁急的，所以牠每一回總將牆上的裝飾弄得非常凌亂了。

寶座上坐着上首，妖的王，圍繞着一小羣妖精的侍從，有幾個輕蔑地俯視着周圍。王本身是照着王模樣，出格地和藹，並且和各種來客親睦地交談。他是從東方旅行來的，穿一件奇特的衣服，用美觀的，各色的花葉製成。這里並不生長這樣的花，約翰想。他頭上戴一個深藍的花托，散出新鮮的香氣，像新折一般。在手裏他拿着蓮花的一條花鬚，當作御杖。

一切與會的都受着他的恩澤。他稱讚這里的月光，還說，本地的火螢也美麗，幾乎和東方的飛螢相同。他又很合意地看了牆上的裝飾，一個土撥鼠還看出陛下曾經休憩，愜意地點着頭。

「同我走，」旋兒對約翰說，「我要引見你。」于是他們直衝到王的座前。上首一認出旋兒，便高興地伸開兩臂，並且和他接吻。這在賓客之間攪起了私語，妖精的侍從中是嫉妬的眼光。那在角落裏的兩個肥胖的癩蝦蟆，絮說些「諂媚者」「乞憐者」和「不會長久的」而且別有用意地點頭。旋兒和上首談得很久，用了異樣的話，于是就將約翰招過去。

「給我手，約翰！」那王說。「旋兒的朋友就是我的朋友。凡我能够的，我都願意帮助你。我要給你我們這一黨的表記。」

上首從他的項鍊上解下一個小小的金的鎖匙來，遞給約翰。他十分恭敬地接受了，緊緊地捏在手裏。

「這匙兒能是你的幸福，」王接着說，「這能開一個金的小箱，藏些高貴的至實的。然而誰有這箱，我却不能告訴你。你只要熱心地尋求。倘使你和我和旋兒長做好朋友而且忠實，那于你就要成功了。」

妖王于是和藹地點着他美麗的頭，約翰喜出望外地向他致謝。

坐在溼的莓苔的略高處的三個蝦蟆，聯成慢圓舞的領導，對偶也配搭起來了。有誰不跳舞，便被一個綠色的蜥蜴，這是充當司儀，並且奔忙于職務的，推到旁邊去，那兩個癩蝦蟆就大煩惱，一齊訴苦，說牠們不能看見了。這時跳舞已經開頭。

但這確是可笑！各個都用了牠的本相跳舞，並且自然地擺出那一種態度，以為牠所做的比別個好得多。老鼠和蝦蟆站起後脚高高地跳着，一個年老的碩鼠旋得如此粗野，使所有跳舞者都從牠的前面躲向旁邊，還有一匹惟一的肥胖的樹蝸牛，敢于和土撥鼠來轉一圈，但不久便被拋棄了，在前牆之下，以致她（譯者按：蝸牛）因此得了腰脅痛，那實在的原因，倒是因為她不很懂得那些事。

然而一切都做得很誠實而莊嚴。大家很有幾分將這些看作榮耀，並且惴惴地窺伺王，想在他的臉上看出一點讚賞的表示。王卻怕惹起不滿，只是凝視着前方。他的侍從人等，那看重牠們的技藝的品格，來參與跳舞的，是高傲地旁觀着。

約翰熬得很久了。待到他看見，一匹大的蜥蜴怎樣地掄着一個小小的癩蝦蟆，時常將這可憐的癩蝦蟆從地面高高舉起，並且在空中掄一個半圓，便在響亮的哄笑裏，發洩出他的興致來了。

這惹起了一個激動。音樂喑啞了。王嚴厲地四顧。司儀員向笑者飛奔過去，並且嚴重地申斥他，舉動須要合禮。

「跳舞是一件最莊重的事，」牠說，「毫沒有什麼可笑的。這里是一個高尚的集會，大家在這里跳舞並非單爲了游戲。各顯各的特長，沒有一個會希望被笑的。這是大不敬。除此之外，大家在這里是一個悲哀的儀節，爲了重大的原因。在這里舉動務須合禮，也不要做在人類裏面似的事！」

這使約翰害怕起來了。他到處看見讐視的眼光。他和王的親密給他招了許多的讐敵。旋兒將他拉在旁邊：

「我們還是走的好罷，約翰！」他低聲說，「你將這又鬧壞了。是呵，是呵，如果從人類中敎育出來的，就那樣！」

他們慌忙從蝙蝠門房的翅子下潛行，走到黑暗的路上。恭敬的火螢等着他們。「你們好好地行樂了麼？」牠問。「你們和上首大王扳談了麼？」

「唉，是的！那是一個有趣的會，」約翰說，「你必須永站在這暗路上麼？」

「這是本身的自由的選擇，」火螢用了悲苦的聲音說。「我再不能參與這樣無聊的集會了。」

「去罷！」旋兒說，「你並不這樣想。」

「然而這是實情。早先—早先有一時，我也曾參與過各種的會，跳舞，徘徊。但現在我是被憂愁埽蕩了，現在…」牠還這樣的激動，至于消失了牠的光。

幸而他們已近洞口，野兎聽得他們臨近，略向旁邊一躲，放進月光來。

他們一到外面野兎的旁邊，約翰說：「那麼，就給我講你的故事罷，火螢！」

「唉！」火螢歎息，「這事是簡單而且悲傷。這不使你們高興。」

「講罷，講牠就是！」大家都嚷起來。

「那麼，你們都知道，我們火螢是極其異乎尋常的東西。是呵，我覺得，誰也不能否認，我們火螢是一切生物中最有天稟的。」

「何以呢？這我却願意知道，」野兎說。

火螢渺視地回答道：「你們能發光麼？」

「不，這正不然，」野兎只得贊成。

「那麼，我們發光，我們大家！我們還能夠隨意發光或者熄滅。光是最高的天賦，而一個生物能發最高的光。還有誰要和我們競爭前列麼？我們男的此外還有翅子，並且能夠飛到幾里遠。」

「這我也不能，」野兎謙遜地自白。

「就因爲我們有發光的天賦，」火螢接着說，「別的動物也哀矜我們，沒有鳥來攻擊我們。只有一種動物，是一切中最低級的那個，搜尋我們，還捉了我們去。那就是人，是造物的最蠻橫的出產。」

說到這里，約翰注視着旋兒，似乎不懂牠。旋兒只微笑，並且示意他，教他不開口。

「有一回，我也往來飛翔，一個明亮的迷光，高興地在黑暗的叢莽裏。在寂寞的潮溼的草上，在溝的岸邊。這里生活着她，她的存在，和我的幸福是分不開的。她華美地在藍的碧玉光中燦爛着，當她順着草爬行的時候，很强烈地蠱惑了我的少年的心。我繞着她飛翔，還竭力用了顏色的變換來牽引她的注意。幸而我看出，她已經怎樣地收受了我的敬禮，靦覥地將她的光兒韜晦了。因爲感動而發着抖，我知道收斂起我的翅子，降到我的愛者那里去，其時正有一種强大的聲響瀰滿着空中。暗黑的形體近來了。那是人類。我駭怕得奔逃。他們追趕我，還用一種沈重的，烏黑的東西照着我打。但我的翅子擔着我是比他們的笨重的腿要快一點的。待到我回來的時候……」

講故事的至此停止說話了。先是寂靜的刺激一剎那——這時三個聽的都惴惴地沈默着——牠纔接着說：

「你們早經料到了。我的嬌嫩的未婚妻——一切中最燦爛和最光明的——她是消失了，給惡意的人們捉去了。閒靜的，潮溼的小草地是踏壞了，而她那在溝沿的心愛的住所是慘淡和荒凉。我在世界上是孤獨了。」

多感的野兎仍舊拉過耳朶來，從眼裏拭去一滴淚。

「從此以後我就改變了。一切輕浮的娛樂我都反對。我只記得我所失掉的她，還想着我和她再會的時候。」

「這樣麼？你還有這樣的希望麼？」野兎高興地問。

「比希望還要切實，我有把握的。在那上面我將再會我的愛者。」

「然而……」野兎想反駁。

「兎兒，」火螢嚴肅地說，「我知道，只有應該在昏暗裏彷徨的，纔會懷疑。然而如果是看得見的，如果是用自己的眼來看的，那就凡有不確的事于我是一個疑案。那邊！」光蟲說，並且敬畏地仰看着種滿星星的天空，「我在那邊看見她！一切我的祖先，一切我的朋友，以及她，我看見較之在這地上，更其分明地發着威嚴的光輝。唉唉，什麼時候我纔能驀地離開這空虛的生活，飛到那誘引着招致我的她那里去呢？唉唉！什麼時候，什麼時候……？」

光蟲歎息着，離開牠的聽者，又爬進黑暗的洞裏去了。

「可憐的東西！」野兎說，「我盼望，牠不錯。」

「我也盼望，」約翰贊同着。

「我以爲未必，」旋兒說，「然而那倒很動人。」

「愛的旋兒，」約翰說，「我很疲倦，也要睡了。」

「那麼來罷，你躺在這里我的旁邊，我要用我的氅衣蓋着你。旋兒取了他的藍色的小氅衣，蓋了約翰和自己。他們就這樣躺在岡坡的發香的草上，彼此緊緊地擁抱着。

「你們將頭放得這麼平，」野兎大聲說，「你們願意枕着我麼？」

這一個貢獻他們不能拒絕。

「好晚上，母親，」旋兒對月亮說。

于是約翰將金的小鎖匙緊握在手中，將頭靠在好心的野兎的蒙茸的毛上，靜靜地酣睡了。

三

他在那里呢，普烈斯多？——你的小主人在那里呢？——在船上，在蘆葦間醒來的時候，怎樣地喫驚呵——只剩了自己——主人是無踪無影地消失了。這可敎人擔心和害怕。——你現在已經奔波得很久，並且不住地奮亢的嗚嗚着尋覓他罷？〜〜可憐的普烈斯多。你怎麼也能睡得這樣熟，且不留心你的主人離了船呢？平常是只要他一動，你就醒了的。你平常這樣靈敏的鼻子，今天不爲你所用了。你幾乎辨不出主人從那里上岸，在這沙岡上也完全失掉了踪跡。你的熱心的覸也不幫助你。唉，這絕望！主人去了！無踪無影地去了！——那麼，尋罷，普烈斯多，尋他罷！且住，正在你前面，在岡坡上——那邊不是躺着一點小小的，暗黑的東西麼？你好好地看一看罷！

那小狗屹立着傾聽了一些時，並且凝視着遠處。于是牠忽然擡起頭來，用了牠四條細腿的全力，跑向岡坡上的暗黑的小點那里去了。

一尋到，却確是那苦痛的失踪的小主人，于是牠盡力設法，表出牠的一切高興和感謝來，似乎還不够。牠搖尾，跳躍，嗚嗚，吠叫，並且向多時尋覓的人覸着，舐着，將冷鼻子擱在臉面上。

「靜靜的罷，普烈斯多，到你的窠裏去！」約翰在半睡中大聲說。

主人有多麼胡塗呵！凡是望得見的地方，沒有一個窠在近處。

小小的睡眠者的精神逐漸清楚起來了。普烈斯多的覷，——這是他每早晨習慣了的。但在他的靈魂之前，還掛着妖精和月光的輕微的夢影，正如丘岡景色上的曉霧一般。他生怕清晨的涼快的呼吸會將這些驅走。「合上眼睛，」他想，「要不然，我又將看見時鐘和地毯，像平日似的。」

但他也躺得很異樣。他覺得他沒有被。慢慢地他小心着將眼睛睜開了一線。

明亮的光！藍的天！雲！

于是約翰睜大了眼睛，並且說：「那是眞的麼？」是呀！他躺在岡的中間。清朗的日光溫暖他；他吸進新鮮的朝氣去，在他的眼前還有一層薄霧環繞着遠處的山林。他只看見池邊的高的山毛櫸樹和自家的屋頂伸出在叢碧的上面。蜜蜂和甲蟲繞着他飛鳴；頭上唱着高飛的雲雀，遠處傳來犬吠和遠隔的城市的喧囂。這些都是純粹的事實。

然而他曾經夢見了什麼還是沒有什麼呢？旋兒在那里呢？還有那野兎？

兩個他都不見。只有普烈斯多坐在他身邊，久候了似的搖着尾巴向他看。

「我眞成了夢游者了麼？」約翰自己問。

他的近旁是一個兎窟。這在岡上倒是常有的。他站起來，要去看牠個仔細。在他緊握的手裏他覺得什麼呢？

他攤開手，他從脊骨到脚跟都震悚了。是燦爛着一個小小的，黃金的鎖匙。

他默默地坐了許多時。

「普烈斯多！」他于是說，幾乎要哭出來，普烈斯多，這也還是實在的！」

普烈斯多一躍而起，試用吠叫來指示牠的主人，牠飢餓了，牠要回家去。

回家麼？是的，約翰沒有想到這一層，他于此也很少掛念。但他卽刻聽到幾種聲音叫着他的名字了。他便明白，他的擧動，大家是全不能當作馴良和規矩的，他還須等候那很不和氣的話。

只一剎時，高興的眼淚化爲恐怖和後悔的眼淚了。但他就想着現是他的朋友和心腹的旋兒，想着妖王的贈品，還想着過去一切的華美的不能否認的眞實，他靜靜地，被諸事羈絆着，向回家的路上走。

那遭際是比他所豫料的還不利。他想不到他的家屬有這様地恐怖和不安。他應該鄭重地認可，永不再是這麽頑皮和大意了。這又給他一個羈絆。「這我不能，」他堅決地說。人們很詫異。他被訊問，懇求，恫嚇。但他却只想着旋兒，堅持着。只要能保住旋兒的友情，他怕什麽責罰呢——爲了旋兒，他有什麽不能忍受呢。他將小鎖匙緊緊地按在胸前，並且緊閉了嘴唇，每一問，都只用聳肩來作回答。「我不能一定，」他永是說。

但他的父親却道：「那就不管他罷，這于他太嚴緊了。他必是遇到了什麽出奇的事情。將來總會有講給我們的時候的。」

約翰微笑，沈默着喫了他的奶油麪包，就潛進自己的小屋去。他剪下一段窗幔的繩子，繫了那寶貴的鎖匙，帖身掛在胸前。于是他放心去上學校了。

這一天他在學校裏確是很不行。他做不出他的學課，而且也全不經意。他的思想總是飛向池邊和昨夜的奇異的事件去。他幾乎想不明白，怎麼一個妖王的朋友現在須負做算術和變化動詞的義務了。然而這一切都是眞實，周圍的人們于此誰也不知道，誰也不能夠相信或相疑，連那教員都不，雖然他也深刻地瞥着眼，並且也輕蔑地將約翰叫作懶東西。他欣然承受了這不好的品評，還做着懲罰的工作，這是他的疏忽拉給他的。

「他們誰都猜不到。他們要怎樣訶斥我，都隨意罷。旋兒總是我的朋友，而且旋兒于我，勝過所有他們的全羣，連先生都算上。」

約翰的還是不大恭敬的。對于他的同胞的敬意，自從他前晚聽到議論他們的一切劣點之後，却是沒有加增。

當教員講述着，怎樣只有人類是由上帝給與了理性，並且置于一切動物之上，作爲主人的時候，他笑起來了。這又給他博得一個不好的品評和嚴厲的指摘。待到他的鄰座者在課本上讀着下面的話：「我的任性的叔母的年齡是大的，然而較之太陽，沒有伊的那麼大，」——約翰便趕快大聲地叫道：「他的！」（註）

大家都笑他，連那教員，對于他所說那樣的自負的胡塗，覺得詫異，教約翰留下，並且寫一百回：「我的任性的叔母的年齡是大的，然而較之太陽，沒有伊的那麼大，——較之兩個更大的，然而是我的胡塗。」

學生們都去了，約翰孤獨地坐在廣大的校區裏面寫。太陽光愉快地映射進來，在牠的經過的路上使無數白色的塵埃發閃，還在白塗的牆上形成明亮的點，和時間的代謝慢慢地遷移。教員走了，高聲地關了門。當約翰寫到第二十五任性的叔母的時候，一匹小小的，敏捷的小鼠，有着烏黑的珠子眼和綢緞似的小耳朵，無聲地從

註——在和蘭文，太陽是女性的，所以須用「伊」，稱「他」便錯。

班級的最遠的角上沿着壁偸偸走來了。約翰一聲不響，怕赶走了那有趣的小動物。但這並不膽怯，徑到約翰的座前。牠用細小的明亮的眼睛暫時鋒利地四顧，便敏捷地一跳，到了椅子上，再一跳就上了約翰在寫着字的書桌。

「阿，阿，」他半是自言自語地說，「你倒是一匹勇敢的鼠子。」

「我却也不知道，我須怕誰，」一種微細的聲音說，那小鼠還微笑似的露出雪白的小牙。

約翰曾經閱歷過許多奇異的事——但這時却還是圓睜了眼睛。這樣地在白天而且在學校裏——這是不可信的。

「在我這里你無須恐怖，」他低聲說，仍然是怕驚嚇了那小鼠——「你是從旋兒那里來的麼？」

「我正從那里來，來告訴你，那教員完全有理，你的懲罰是恰恰相當的。」

「但是旋兒說的呵，太歸蓋是男性，太陽是我們的父親。」

「是的，然而此外用不着誰知道。這和人類有什麼相干呢。你永不必將這麼精微的事去對人類講。他們太粗。人是一種可駭的惡劣和蠻野的東西，只要什麼到了他的範圍之內，他最喜歡將一切擒拿和踩躪。這是我們鼠族從經驗上識得的。」

「但是，小鼠，你爲什麼停在他們的四近的呢，你爲什麼不遠遠地躲到山林裏去呢？」

「唉，我們現在不再能够了。我們太慣于都市風味了。如果小心着，並且時時注意，避開他們的捕機和他們的沈重的脚，在人類裏也就可以支撑。幸而我們也還算敏捷的。最壞的是人類和貓結了一個聯盟，借此來補救他們自己的蠢笨，——這是大不幸。但山林裏却有梟和鷹，我們會一時都死完。好，約翰，記着我的忠告罷，教員來了！」

「小鼠，小鼠，不要走。問問旋兒，我將我的匙兒怎麼辨呢。我將這帖胸掛在頸子上。土曜日我要換乾凈的小衫，我很怕有誰會看見。告訴我罷，我藏在那里最是穩當呢，愛的小鼠。」

「在地裏，永久在地裏，這是最爲穩當的。要我給你收藏起來麼？」

「不，不要在這里學校裏！」

「那就埋在那邊岡子上。我要通知我的表姊，那野鼠去，教她必須留神些。」

「多謝，小鼠。」

蓬，蓬！教員到來了。這時候，約翰正將他的筆尖浸在墨水裏，那小鼠是消失了。自己想要回家的教員，就赦免了約翰四十八行字。

兩日之久，約翰在不斷的憂懼中過活。他受了嚴重的監視，凡有溜到岡上去的機會，都被剝奪了。已經是金曜日，他還在帶着那寶貴的匙兒往來。明天晚上他便須換穿乾淨的小衫，人會發見這匙兒，而且拿了去——他爲了這思想而戰慄。家裏或園裏他都不敢藏；他覺得沒有一處是够安穩的。

金曜日的晚上了，黃昏已經闖進來。約翰坐在他臥室的窗前，出神地從園子的碧綠的叢草中，眺望着遠處的園亭。

「旋兒！旋兒！幫助我，」他憂悶地絮叨着。

近旁響着一種輕輕的拍翅聲，他聞到鈴蘭的香味，還忽然聽得熟識的，甜美的聲音。

旋兒靠近他坐在窗沿上，搖動着一枝長梗的鈴蘭。

「你到底來了！——我是這麼渴想你！」約翰說。

「同我走，約翰，我們要埋起你的匙兒。」

「我不能，」約翰慘澹地歎息說。

然而旋兒握了他的手，他便覺得他輕得正如一粒蒲公英的帶着羽毛的種子，在靜穆的晚天裏，飄浮而去了。

「旋兒，」約翰飄浮着說，「我這樣地愛你。我相信，我能爲你放下一切的人們，連普烈斯多！」

旋兒吻他，問道；「連西蒙？」

「阿，我喜歡西蒙與否，這于牠不算什麼。我想，牠以為這是孩子氣的。西蒙就只喜歡那賣魚的女人，而且這也只在牠肚餓的時候。從你看來，西蒙是一匹平常的貓麼，旋兒？」

「不，牠先前是一個人。」

呼——蓬！——一個金蟲（註）向約翰撞來了。

「你們不能看淸楚一點麼，」金蟲不平地說，「妖精族紛飛着，好像他們將全部的空氣都租去了！會無用到這樣，總是單為了自己的快樂飄來飄去，——而我輩，盡着自己的義務，永是追求着食物，只要能喫多少，便儘量喫多少的，却被他們赶到路旁去了。」

註——舊稱金牛兒，或金龜子，是一種金綠色的甲蟲，食植物的花葉為害。幼蟲躲在地裏，白色，食植物的根，俗名地蠶；即舊書上的所謂蠐螬。

牠呶呶着飛了開去。

「我們不喫，牠以爲不好麼？」約翰問。

「是呵，金蟲類是這樣的。金蟲以爲這是牠們的最高的義務，大嚼得多。要我給你講一個幼小的金蟲的故事麼？」

「好，講罷，旋兒！」

「曾經有一個好看的幼小的金蟲，是剛從地裏鑽出來的。唔，這是大奇事。牠坐在黑暗的地下一整年，等候着第一個溫暖的夜晚。待到牠從地皮裏伸出頭來的時候，所有的綠葉和鳴禽，都使牠非常慌張了。牠不知道牠究竟應該怎樣開手。牠用了牠的觸角，去摸近地的小草莖，並且扇子似的將這伸開去。于是牠覺得，牠是雄的。牠是牠種族中的一個美麗的模範，有着燦爛的烏黑的前足，厚積塵埃的後腹，和一個胸甲，鏡子似的放光。幸而不久牠在近處看見了一個別的金蟲，那雖然沒有這樣美，然而前一天已經飛出，因此確是有了年紀的。因爲牠這樣地年青，牠便極其謙恭地去叫那一個。

「什麼事，朋友？」那一個從上面問，因爲牠看出這一個是新傢伙了，「你要問我道路麼？」

「不，請你原諒，」幼小的謙恭地說，「我先不知道，這里我必須怎樣開頭做金蟲是應該怎麼辦的？」

「哦，原來，」那一個說，「那你不知道麼？我明白你，我也曾經這樣的。好好地聽罷，我就要告訴你了。金蟲生活的最要義是大嚼。離此不遠有一片貴重的菩提樹林，那是爲我們而種的，將牠竭力地勤勉地大嚼，是我們所有的義務。」

「誰將這菩提樹林安置在那里的呢？」年幼的甲蟲問。

「阿，一個大東西，是給我們辦得很好的。每早晨這就走過樹林，有誰大嚼得最多的，這就帶牠去，到一所華美的屋子裏。那屋子是放着淸朗的光，一切金蟲都在那里幸福地團聚着的。但要是誰不大嚼，反而整夜向各處紛飛的，他就要被蝙蝠捉住了。」

「那是誰呢？」新傢伙問。

「這是一種可怕的怪物，有着鋒利的牙，牠從我們的後面突然飛來，用殘酷的一嘎咭便喫盡了。」

甲蟲正在這麼說，牠們聽得上面有清亮的霍的一聲，透了牠們的心髓。「呵，那就是！」長輩大聲說。「你要小心牠，青年朋友。感謝罷，恰巧我通知你了。你的前面有一個整夜，不要躭誤罷。你喫得越少，禍事就越多，會被蝙蝠吞掉的。只有能够挑選那正經的生活的本分的，纔到有着清朗的光的屋子去。記着罷！正經的生活的本分！」

年紀大了一整天的那甲蟲，于是在草梗之間爬開去了，並且將這一個惘然地留下。「你知道麼，什麼是生活的本分，約翰？不罷？那幼小的甲蟲也正不知道。這事和大嚼相連，牠是懂得的。然而牠須怎樣，纔可以到那菩提樹林呢？」

牠近旁豎着一枝瘦長的，有力的草梗，輕輕地在晚風中搖擺。牠就用牠六條彎曲的腿，很堅牢地抓住牠。從下面望去，牠覺得彷彿一個高大的巨靈而且很險峻。但那金蟲還要往上走。這是生活的本分，牠想，並且怯怯地開始了升進。這是緩慢的，牠屢次滑回去，然而牠向前，當牠終于爬到最高的梢頭，在那上面動盪和搖擺的時候，牠覺得滿足和幸福。牠在那里望見什麼呢？這在牠，似乎看見了全世界。各方面都由空氣環繞着，這是多麼極樂呵！牠儘量鼓起後腹來。牠興致很稀奇！牠總想要升上去！牠在大歡喜中掀起了翅鞘，暫時抖動着網翅。——牠要升上去，永是升上去，——又抖動着牠的翅子，爪子放掉了草梗，而且——阿，高興呀！……呼——呼——牠飛起來了——自由而且快樂——到那靜穆的，溫暖的晚空中。」——

「以後呢？」約翰問。

「後文並不有趣，我下回再給你講罷。」

他們飛過池子了，兩隻遷延的白胡蝶和他們一同翩躚着。

「這一程往那里去呀，妖精們？」牠們問。

「往大的岡薔薇那里去，那在那邊坡上開着花的。」

「我們和你們一路去！」

從遠處早就分明看見，她有着她的許多嫩黃的，龢輭的花。小蓓蕾已經染得通紅，開了的花還顯着紅色的條紋，作爲那一時的記號，那時她們是還是蓓蕾的。在寂寞的寧靜中開着野生的岡薔薇，並且將四近滿注了她們的奇甜的香味。這是有如此華美，至使岡妖們的食養，就只靠着她們。胡蝶是在她們上面盤旋，還一朶一朶地去接吻。

「我們這來，是有一件寶貝要託付你們，」旋兒大聲說，「你們肯給我們看管這個麼？」

「爲什麼不呢？爲什麼不呢？」岡薔薇細聲說，「我是不以守候爲苦的——如果人不將我移去，我並不要走動。我又有鋒利的刺。」

于是野鼠到了，學校裏的小鼠的表姊，在薔薇的根下掘了一條路。牠就運進鎖匙去。

「如果你要取回去，就應該再叫我。那麼，你就用不着使薔薇爲難。」

薔薇將她的帶刺的枝條交織在進口上，並且鄭重允許，忠實地看管着。胡蝶是見證。

第二天的早晨，約翰在自己的牀上醒來了，在普烈斯多的旁邊，在鐘和地毯的旁邊。那繫着鎖匙的掛在他頸上的繩子是消失了。

四

「煞派門！（註）夏天是多麼討厭的無聊呵！」在老屋子的倉庫裏，很懊惱地一同站着的三個火爐中的一個歎息說，——「許多星期以來，我見不到活的東西，也

註——Saperment，詈語，表厭惡之意。現在大概僅見于童話中，爲非人類所用。

聽不到合理的話。而且這久遠的內部的空虛！實在可怕！」

「我這里滿是蜘蛛網，」第二個說，「這在冬天也不會有的。」

「我並且到處是灰塵，如果那黑的人再來的時候，一定要使我羞死。」

幾個燈和火鈎，那些，是因爲預防生鏽，用紙包着，散躺在地上各處的，對于這樣輕率的語氣，都毫無疑義地宣布抗爭。

但談論突然沈默了，因爲吊窗已被拉起，衝進一條光線來，直到最暗的角上，而且將全社會都顯出在牠們的塵封的混亂裏面了。

那是約翰，他來了，而且攪擾了牠們的談話。這倉庫常給約翰以强烈的刺激。那現在，自從出了最近的奇事以來，他屢屢逃到那里去。他于此發見安靜和寂寞。那地方也有一個窗，是用抽替關起來的，也望見岡阜的一面。忽然拉開窗抽替，並且在滿是秘密的倉庫之後，驀地看見眼前有遙遠的，明亮的景色，直到那白色的，軟軟地起伏着的連岡，是一種很大的享用。

從那天金曜日的晚上起，早過了三星期了，約翰全沒有見到他的朋友。小鎖匙也去了，他更缺少了並非做夢的證據。他常怕一切不過是幻想。他就沈靜起來，他的父親憂悶地想，約翰從在岡上的那晚以來，一定是得了病。然而約翰是神往于旋兒。

「他的愛我，不及我的愛他麽？」當他站在屋頂窗的旁邊，眺望着綠葉繁花的園中時，他瑣屑地猜想着，「他爲什麽不常到我這里來，而且已經很久了呢？倘使我能够……。但他也許有許多朋友罷。比起我來，他該是更愛那些罷？……我沒有別的朋友，——一個也沒有。我只愛他。愛得很！唉，愛得很！」

他看見，一羣雪白的鴿子的飛翔，怎樣地由蔚藍的天空中降下，這原是以可聞的鼓翼聲，在房屋上面盤旋的。那彷彿有一種思想驅遣着牠們，每一瞬息便變換方向，宛如要在牠們所浮游着的夏光和夏氣的大海裏，成了排豪飲似的。

牠們忽然飛向約翰的屋頂窗前來了，用了各種的鼓翼和抖翅，停在房簷上，在那里牠們便忙碌地格磔着，細步往來。其中一匹的翅上有一枝紅色的小翎。牠拔而又拔，拔得很長久，待到牠拔到嘴裏的時候，牠便飛向約翰，將這交給他。

約翰一接取，便覺得他這樣地輕而且快了，正如一個鴿子。他伸開四肢，鴿子飛式的飛起來，約翰並且漂浮在牠們的中央，在自由的空氣中和清朗的日光裏。環繞着他的更無別物，除了純淨的藍碧和潔白的鴿翅的閃閃的光輝。

他們飛過了林中的大花園，那茂密的樹梢在遠處波動，像是碧海裏的波濤。約翰向下看，看見他父親坐在住房的暢開的窗邊；西蒙是拳着前爪坐在窗臺上，並且曬太陽取暖。

「他們看見我沒有？」他想，然而叫呢他却不敢。

普烈斯多在園子裏奔波，遍齅着各處的草叢，各坐的牆後，還抓着各個温室的門戶，想尋出小主人來。

「普烈斯多！普烈斯多！」約翰叫着。小狗仰視，便摇尾，而且訴苦地呻吟。

「我回來，普烈斯多！等着就是！」約翰大聲說，然而他已經離得太遠了。

他們飄過樹林去，烏鴉在有着牠們的窠的高的枝梢上，啞啞地叫着飛翔。這正是盛夏，滿開的菩提樹花的香氣，雲一般從碧林中升騰起來。在一枝高的菩提樹梢的一個空巢裏，坐着旋兒，額上的他的冠是旋花的花托，向約翰點點頭。

「你到這里了？這很好，」他說。「我教迎取你去了。我們就可以長在一處——如果你願意。」

「我早願意，」約翰說。

他于是謝了給他引導的友愛的鴿子，和旋兒一同降到樹林中。

那地方是凉爽而且多蔭。鶺鴒幾乎永是唿哨着這一套，但也微有一些分別。

「可憐的鳥兒，」旋兒說，「先前牠是天堂鳥。這你還可以從牠那特別的黃色的翅子上認出來——但牠改變了，而且被逐出天堂了。有一句話，這句話能够還給牠原先的華美的衣衫，並且使牠再回天堂去。然而牠忘却了這句話。現在牠天天在試驗，想再覓得牠。雖然有一兩句的類似，但都不是正對的。」

無數飛蠅在穿過濃陰的日光中，飛揚的晶粒似的營營着。人如果留神傾聽，便可以聽出，牠們的營營，宛如一場大的，單調的合奏，充滿了傘樹林，彷彿是日光的歌唱。

繁密的深綠的莓苔蓋着地面，而約翰又變得這麼小了，他見得這像是大森林區域裏的一座新林。幹子是多麼精美，叢生是多麼茂密。要走通是不容易的，而且苔林也顯得非常之大。

于是他們到了一座螞蟻的橋梁。成百的螞蟻忙忙碌碌地在四處走——有幾個在顎間啣着小樹枝，小葉片或小草梗。這是有如此雜沓，至使約翰幾乎頭暈了。

許多工夫之後，他們纔遇到一個螞蟻，願意和他們來談天。牠們全體都忙于工作。他們終于遇見一個年老的螞蟻，那差使是，為着看守細小的蚜蟲的，螞蟻們由此得到牠們的甘露。因為牠的畜羣很安靜，牠已經可以顧及外人了，還將那大的窠指示給他們。窠是在一株大樹的根上蓋造起來的，很寬廣，而且包含着百數的道路和房間。蚜蟲牧者加以說明，還引了訪問者往各處，直到那有着稚弱的幼蟲，從白色的襁褓中匍匐而出的兒童室。約翰是驚訝而且狂喜了。

年老的螞蟻講起，爲了就要發生的軍事，大家正在强大的激動裏。對于離此不遠的別一蟻羣，要用大的强力去襲擊，埽蕩窠巢，劫奪幼蟲或者殺戮；這是要盡全力的，大家就必須預先準備那最爲切要的工作。

「爲什麼要有軍事呢？」約翰說，「這我覺得不美。」

「不然，不然！」看守者說，「這是很美的可以讚訟的軍事。想罷，我們要去攻取的，是戰鬬螞蟻呵；我們去，只爲殲滅牠們這一族，這是很好的事業。」

「你們不是戰鬬螞蟻麼？」

「自然不是！你在怎樣想呢？我們是平和螞蟻。」

「這是什麼意思呢？」

「你不知道這事麼？我要告訴你。有那麼一個時候，因爲一切螞蟻常常戰爭，免于大戰的日子是沒有的。于是出了一位好的有智慧的螞蟻，牠發見，如果螞蟻們彼此約定，從此不再戰爭，便將省去許多的勞力。待到牠一說，大家覺得這特別，並且就因爲這原因，大家開始將牠咬成小塊了。後來又有別的螞蟻們，也像牠一樣的意思。這些也都被咬成了小塊。然而終于，這樣的是這麼多，至使這咬斷的事，在別個也成了太忙的工作。從此牠們便自稱平和螞蟻，而且都主張，那第一個平和螞蟻是不錯的；有誰來爭辯，牠們這邊便將牠撕成小塊子。這模樣，所有螞蟻就幾乎都成了平和螞蟻了，那第一個平和螞蟻的殘體，還被愼重而敬畏地保存起來。我們有着頭顱，是眞正的。我們已經將別的十二個自以爲有眞頭的部落毀壞，並且屠戮了。牠們自稱平和蟻，然而自然倒是戰鬪蟻，因爲眞的頭爲我們所有，而平和螞蟻是只有一個頭的。現在我們就要動手，去殲除那第十三個。這確是一件好事業。」

「是呵，是呵，」約翰說，「這很值得注意！」

他本有些怕起來了，但當他們謝了懇切的牧者並且作過別，遠離了螞蟻民族，在羊齒草叢的陰涼之下，休息在一枝美麗的彎曲的草梗上的時候，他便覺得安靜得許多了。

「阿！」約翰歎息，「那是一個渴血的胡塗的社會！」

旋兒笑着，一上一下地低昂着他所坐的草梗。

「阿！」他說，「你不必責備牠們胡塗。人們若要聰明起來，還須到螞蟻那里去。」

于是旋兒指示約翰以樹林的所有的神奇，——他們倆飛向樹梢的禽鳥們，又進茂密的叢莽，下到土撥鼠的美術的住所，還看老樹腔裏的蜂房。

末後，牠們到了一個圍着樹叢的處所。成堆成阜地生着忍冬藤。繁茂的枝條到處蔓延在灌木之上，羣綠裏盛裝着馥郁的花冠。一隻吵閙的白頰鳥，高聲地唧唧足足着，在嫩枝間跳躍而且鼓翼。

「給我們在這里過一會罷，」約翰請託，「這里是美觀的。」

「好，」旋兒說，「你也就要看見一點可笑的。」

地上的草裏，站着藍色的鈴蘭。約翰坐在其中的一株的近旁，並且開始議論那蜜蜂和胡蝶。這些是鈴蘭的好朋友，因此這談天就像河流一般。

但是，那是什麼呢？一個大影子來到草上，還有彷彿白雲似的東西在鈴蘭上面飄下來。約翰幾乎來不及免于粉身碎骨—他飛向那坐在盛開的忍冬花裏的旋兒。他這纔看出，那白雲是一塊手巾，—並且，蓬！—在手巾上，也在底下的可憐的鈴蘭上，坐下了一個肥胖的太太。

他無暇憐惜牠，因爲聲音的喧譁和樹枝的騷擾充滿了林中的隙地，而且，來了一大堆人們。

「那就，我們要笑了，」旋兒說。

于是他們來了，那人頭—女人們手裏拿着籃子和傘，男人們頭上戴着高而硬的黑帽子。他們幾乎統是黑的，漆黑的。他們在晴明的碧綠的樹林裏，很顯得特殊，正如一個大而且醜的墨汙，在一幅華美的圖畫上。

灌木被四散衝開，花朶踏壞了。又攤開了許多白手巾，柔順的草莖和忍耐的莓苔是歎息着在底下擔負，還恐怕遭了這樣的打擊，從此不能復元。

雪茄的煙氣在忍冬叢上蜿蜒着，凶惡地趕走牠們的花的柔香。粗大的聲音嚇退了歡樂的白頰鳥的鳴噪，這在恐怖和忿怒中唧唧地叫着，逃向近旁的樹上去了。一個男人從那堆中站起來，並且安在岡尖上。他有着長的，金色的頭髮和蒼白的臉。他說了幾句，大家便都大張着嘴，唱起歌來，有這麼高聲，致使烏鴉們都嘎嘎地從牠們的窠巢飛到高處，還有好奇的野兎，本是從岡邊上過來看一看的，也喫驚地跑走，並且直跑至整一刻鐘之久，纔又安全地到了沙岡。

旋兒笑了，用一片羊齒葉抵禦着雪茄的煙氣；約翰的眼裏含了淚，却並不是因爲煙。

「旋兒，」他說，「我要走開，有這麼討厭和喧鬧。」

「不，我們還該停留。你就要笑，還有許多好玩的呢。」

唱歌停止了，那蒼白男人便起來說話。他大聲嚷，要使大家都懂得，但他所說的，却過于親愛。他稱人們爲兄弟和姊妹，並且議論那華美的天然，還議論造化的奇蹟，論上帝的日光，論花和禽鳥。

「這叫什麼？」約翰問。「他怎麼說起這個來呢？他認識你麼？他是你的朋友麼？」

旋兒輕蔑地搖那戴冠的頭。

「他不認識我，——太陽，禽鳥，花，也一樣地很少。凡他所說的，都是謊。」

人們十分虔敬地聽着，那坐在藍的鈴蘭上面的胖太太，還哭出來了好幾回，用她的衣角來拭淚，因爲她沒有可使的手巾。

蒼白的男人說，上帝爲了他們的聚會，使太陽這樣快活地照臨。旋兒便訕笑他，並且從密葉中將一顆槲樹子擲在他的鼻子上。

「他要換一個別的意見，」他說，「我的父親須為他們照臨，——他究竟妄想着什麼！」

但那蒼白的男人，却因為要防這彷彿從空中落下來似的槲樹子，正在冒火了。他說得很長久，越久，聲音就越高。末後，他臉上是青一陣紅一陣，他揑起拳頭，而且嚷得這樣響，至于樹葉都發抖，野草也嚇得往來動搖。待到他終于再平靜下去的時候，大家却又歌唱起來了。

「呸，」一隻白頭鳥，是從高樹上下來看看熱鬧的，說，「這是可驚的胡鬧！倘是一羣牛們來到樹林裏，我倒還要喜歡些。聽一下子罷，呸！」

唔，那白頭鳥是懂事的，也有精徵的鑒別。

歌唱之後，大家便從籃子，盒子和紙兜裏拉出各種食物來。許多紙張攤開了，小麪包和香橙分散了。也看見瓶子。

于是旋兒便召集他的同志們，並且開手，進攻這醼樂的團體。

一匹大膽的蝦蟆跳到一個年老的小姐的大腿上，緊靠着她正要咀嚼的小麵包，並且停在那里，似乎在驚異牠自己的冒險。這小姐發一聲大叫，驚愕地凝視着攻擊者，自己却不敢去觸牠。這勇敢的例子得了倣傚。碧綠的靑蟲們大無畏地爬上了帽子，手巾和小麵包，到處散佈着愁悶和驚疑，大而胖的十字蜘蛛將燦爛的絲放在麥酒杯上，頭上以及頸子上，而且在牠們的襲擊之後，總接着一聲尖銳的叫喊；無數的蠅直衝到人們的臉上來，還爲着好東西犧牲了牠們的性命，牠們倒栽在食品和飲料裏，因爲牠們的身體連東西也弄得不能享用了。臨末，是來了看不分明的成堆的螞蟻，隨處成百地攻擊那敵人，不放一個人在這里做夢。這却惹起了混亂和驚惶！男人們和女人們都慌忙從壓得那麼久了的莓苔和小草上跳起來；——那可憐的小藍鈴兒也被解放了，靠着兩匹螞蟻在胖太太的大腿上的成功的襲擊。絕望更加厲害了。人們旋轉着，跳躍着，想在很奇特的態度中，來避開他們的追擊者。蒼白的男人抵抗了許多時，還用一枝黑色的小棍，憤憤地向各處打；然而兩匹勇敢的螞蟻，那是什麼兵器都會用的，和一個胡蜂，鑽進他的黑褲子，在腿肚上一刺，使他失了戰鬭的能力。

這快活的太陽也就不能久駐，將他的臉藏在一片雲後面了。大雨淋着這戰鬭的兩黨。彷彿是因爲雨，地面上突然生出大的黑的地菌的森林來似的。這是張開的雨傘。幾個女人將衣裳蓋在頭上，于是分明看見白的小衫，白襪的腿和不帶高跟的鞋子。不，旋兒覺得多麼好玩呵！他笑得必須緊抓着花梗了。

雨越下越密了，牠開始將樹林罩在一個灰色的發光的網裏。紛紛的水霤，從傘上，從高帽子上，以及水甲蟲的甲殼一般發着閃的黑衣服上直流下來，鞋在濕透的地上劈劈拍拍地響。人們于是交卸了，並且成了小羣默默地退走。只留下一堆紙，空瓶子和橙子皮，當作他們訪問的無味的遺踪。樹林中的空曠的小草地上，便又寂寂與安靜起來，即刻只聽得獨有雨的單調的淅瀝。

「唔，約翰，我們也見過人類了，你爲什麼不也譏笑他們呢？」

「唉，旋兒，所有人們都這樣的麽？」

「阿！有些個還要惡得多，壞得多呢。他們常常狂躁和胡鬧，凡有美麗和華貴的，便毁滅牠。他們砍倒樹木，在他們的地方造起笨重的四角的房子來。他們任性踏壞花朵們，還爲了他們的高興，殺戮那凡有在他們的範圍之內的各動物。他們一同盤據着的城市裏，是全都汙穢和烏黑，空氣是渾濁的，且被塵埃和煙氣毒掉了。他們是太疏遠了天然和他們的同類，所以一回到天然這里，他們便做出這樣的瘋顚和悽慘的模樣來。」

「唉，旋兒，旋兒！」

「你爲什麽哭呢，約翰？你不必因爲你是生在人類中的，便哭。我愛你，我是從一切別的裏面，將你選出來的。我已經教你懂得禽鳥和胡蝶和花的觀察了。月亮認識你，而這好的柔和的大地，也愛你如牠的最愛的孩子一般。我是你的朋友，你爲什麽不高興的呢？」

「阿，旋兒！我高興，我高興的！但我仍要哭，爲着一切的這人類！」

「爲什麼呢？——如果這使你憂愁，你用不着和他們在一處。你可以住在這里，並且永久追隨着我。我們要在最密的樹林裏盤桓，在寂寞的，明朗的沙岡上，或者在池邊的蘆葦裏。我要帶你到各處去，到水底裏，在水草之間，到妖精的宮闕裏，到小鬼頭(註)的住所裏。我要同你飄泛，在曠野和森林上，在遠方的陸地和海面上。我要使蜘蛛給你織一件衣裳，並且給你翅子，像我所生着的似的。我們要靠花香爲生，還在月光中和妖精們跳舞。秋天一近，我們便和夏天一同遷徙，到那繁生着高大的椰樹的地方，彩色的花織掛在峯頭，還有深藍的海面在日光中燦爛，而且我要永久講給你童話。你願意麼，約翰？」

「那我就可以永不住在人類裏面了麼？」

「在人類裏忍受着你的無窮的悲哀，煩惱，艱窘和憂愁。每天每天，你將使你

註——Heinzelmännchen，身軀矮小的精怪。

苦辛，而且在生活的重擔底下歎息。他們會用了他們的粗獷，來損傷或窘迫你柔弱的靈魂。他們將使你無聊和苦惱到死。你愛人類過于愛我麼？」

「不，不！旋兒，我要留在你這里！」

他就可以對旋兒表示，他怎樣地很愛他。他願意將一切和所有自己這一面的拋棄和遺忘。他的小房子，他的父親和普烈斯多。高興而堅決地他重述他的願望。

雨停止了，在灰色的雲底下，閃出一片歡喜的微笑的太陽光，經過樹林，照着濕而發光的樹葉，還照着在所有枝梗上閃爍，並且裝飾着張在槲樹枝間的蛛網的水珠。從叢草中的濕地上，騰起一道淡淡的霧氣來，夾帶着千數甘美的夢幻的香味。白頭鳥這時飛上了最高的枝梢，用着簡短的，親密的音節，爲落日歌唱——彷彿牠要試一試，怎樣的歌，纔適宜于這嚴肅的晚靜，和爲下墮的水珠作溫柔的同伴。

「這不比人聲還美麼，約翰？是的，白頭鳥早知道敲出恰當的音韻了。這里一切都是諧和，一個如此完全的，你在人類中永遠得不到。」

「什麼是諧和，旋兒？」

「這和幸福是一件事。一切都向着牠努力。人類也這樣。但他們總是弄得像那想捉胡蝶的兒童。正因爲他們的拙笨的努力，却將牠驚走了。」

「我會在你這里得到諧和麼？」

「是的，約翰！——那你就應該將人類忘却。生在人類裏，是一個惡劣的開端，然而你還幼小——你必須將在你記憶上的先前的人間生活，一一除去；這些都會使你迷惑和錯亂，紛爭，零落；那你就要像我所講的幼小的金蟲一樣了。」

「牠後來怎樣了呢？」

「牠看見明亮的光，那老甲蟲說起過的；牠想，除了即刻飛往那里之外，牠不能做什麼較好的事了。牠直線地飛到一間屋，並且落在人手裏。牠在那里受苦至三日之久；牠坐在紙匣裏，——人用一條線繫在牠腿上，還使牠這樣地飛，——于是牠掙脫了，並且失去了一個翅子和一條腿，而且終于——其間牠無助地在地毯上四處爬，也徒勞地試着往那園裏去—被一隻沈重的脚踏碎了。一切動物，約翰，凡是在夜裏到處彷徨的，正如我們一樣，是太陽的孩子。牠們雖然從來沒有見過牠們的晃耀的父親，却仍然永是引起一種不知不覺的記憶，向往着發光的一切。千數可憐的幽暗的生物，就從這對于久已遷移和疏遠了的太陽的愛，得到極悲慘的死亡。一個不可解的，不能抗的衝動，就引着人類向那毀壞，向那警起他們而他們所不識的大光的幻像那里去。」

約翰想要發問似的仰視旋兒的眼。但那眼却幽深而神祕，一如衆星之間的黑暗的天。

「你想上帝麼？」他終于戰戰兢兢地問。

「上帝？」——這幽深的眼睛溫和地微笑。——「只要你說出話來，約翰，我便知道你所想的是什麼。 你想那牀前的椅子，你每晚上在牠前面說那長的禱告的—想那敎堂窗上的綠絨的幃幔，你每日曜日的早晨看得牠這麼長久的—想那你的讚美歌書的花紋字母——想那帶着長柄的鈴包（註）——想那壞的歌唱和蒸蒸的人氣。你用了那一個名稱所表示的，約翰，是一個可笑的幻像——不是太陽而是一盞大的煤油燈，成千成百的飛蟲兒在那上面無助地緊粘着。」

「但這大光是怎麼稱呼呢，旋兒？我應該向誰禱告呢？」

「約翰，這就像一個黴菌問我，這帶着牠旋轉着的大地，應當怎樣稱呼。如果對于你的詢問有回答，那你就將懂得牠，有如蚯蚓之于羣星的音樂了。禱告呢，我倒是願意教給你的。」

旋兒和那在沈靜的驚愕中，深思着他的話的小約翰，飛出樹林，這樣高，至于沿着岡邊，分明見得是長的金閃閃的一線。他們再飛遠去，變幻的成影的丘岡景色都在他們的眼下飛逝，而光的線是逐漸寬廣起來。沙岡的綠色消失了，岸邊的蘆葦見得黯淡，也如特別的淺藍的植物，生長其間。又是一排連岡，一條伸長的，狹窄

註——klingelbeutel，教堂所用，募捐的器具。

的沙線，于是就是那廣遠的雄偉的海。——藍的是寬大的水面，直到遠處的地平線，在太陽下，却有一條狹的線發着光，閃出通紅的晃耀。

一條長的，白的飛沫的邊鑲着海面，宛如黃鼬皮上，鑲了藍色的天鵞絨。地平線上分出一條柔和的，天和水的奇異的界線。這像是一個奇蹟：直的，且是彎的，截然的，且是游移的，分明的，且是不可捉摸的。這有如曼長而夢幻地響着的琴聲，似乎繞繚着，然而且是消歇的。

于是小約翰坐在沙阜邊上眺望——長久地不動地沈默着眺望——一直到他彷彿應該死，彷彿這宇宙的大的黃金的門莊嚴地開開了，而且彷彿他的小小的靈魂，徑飄向無窮的最初的光線去。

一直到從他那圓睜的眼裏涌出的人世的淚，幕住了美麗的太陽，並且使那天和地的豪華，回向那暗淡的，顫動的黃昏裏……

「你須這樣地禱告！」其時旋兒說。

五

你當晴明的秋日，在樹林裏徘徊沒有？當太陽如此沈靜和明朗，在染色的葉子上發光，當樹枝蕭騷着，枯葉在你的脚下顫抖着的時侯。

于是樹林顯得很疲倦，——牠只是還能够沈思，並且生活在古老的記憶裏。一片藍色的霧圍住牠，有如一個夢挾着滿是神祕的絢爛。還有那明晃晃的秋絲，飄泛在空氣裏懶懶地迴旋，像是美麗的，沈靜的夢。

單在莓苔和枯葉之間的濕地上，這時就驟然而且曖昧地射出菌類的奇異的形像來。許多胖的，不成樣子而且多肉，此外是長的，還是瘦長，帶着有箍的柄和染得亮晶晶的帽子。這是樹林的奇特的夢。

于是在朽爛的樹身上，也看見無數小小的白色的小幹，都有黑的小尖子，像燒過似的。有幾個聰明人以爲這是一種香菌。約翰却學得一個更好的：

那是燭。牠們在沈靜的秋夜燃燒着，小鬼頭們便坐在旁邊，讀着細小的小書。這是在一個極其沈靜的秋日，旋兒教給他的，而且約翰還飲着夢輿，其中含有從林地中升騰起來的熏蒸的氣息。

「爲什麼這槲樹的葉子帶着這樣的黑斑的呢？」

「是呵，這也是小鬼頭們弄的，」旋兒說。「倘若他們夜裏寫了字，就將他們小墨水瓶裏的剩餘灑在葉子上。他們不能容忍這樹。人從槲樹的木材做出十字架和鈴包的柄來。」

對于這細小的精勤的小鬼頭們，約翰覺得新奇了，他還請旋兒允許，領他去見他們之中的一個去。

他已經和旋兒久在一處了，他在他的新生活中，非常幸福，使他對于忘却一切舊事物的誓約，很少什麼後悔。他沒有寂寞的一刹那，一寂寞是常會後悔的。旋兒永不離開他，跟着他就到處都是鄉里。他安靜地在掛在碧綠的蘆幹之間的，葦雀的搖動的窠巢裏睡眠，雖然葦雀也大叫，或者烏鴉報凶似的啞啞着。他在潇潇的大雨或怒吼的狂風中，並不覺得恐怖，他就躲進空樹或野兎的洞裏去，或者他鑽在旋兒的小氅衣下，如果他講童話，他還傾聽他的聲音。

于是他就要看見小鬼頭了。

這是適宜的日子。太沈靜，太沈靜。約翰似乎已經聽到他們的細語和足音了，然而還是正午。禽鳥們是走了，都走了，只有嗌雀還饞着深紅的莓果。一匹是落在圈套裏被捕了，牠張了翅子掛在那里，而且掙扎着，直到那緊緊夾住的爪子幾乎撕開。約翰即刻去放了牠，高興地啾唧着，牠迅速地飛去了。

菌類是彼此都陷在熱烈的交談中。

「看看我罷，」一個肥胖的鬼菌說。「你們見過這樣的麼？看罷，我的柄是多麼肥，多麼白呀，我的帽子是多麼亮呀。我是一切中最大的。而且在一夜裏。」

「哼！」紅色的捕蠅菌說，「你眞蠢。這樣襤色和粗糙。而我却在蘆幹一般的我的苗條的柄上搖擺。我華美地紅得像烏莓，還美麗地加了點。我比一切都美。」

「住口！」早就認識牠們的約翰說，「你們倆都是毒的。」

「這是操守，」捕蠅菌說。

「你大概是人罷？」肥胖者譏笑地嘮叨着，「那我早就願意了，你喫掉我！」

約翰果然不喫。他拿起一條枯枝來，插進那多肉的帽裏去。這見得很滑稽，其餘的一切都笑了。還有一羣微弱的小菌，有着櫻色的小頭，是大約兩小時內一同鑽出來的，並且往外直衝，爲要觀察這世界。那鬼菌因爲憤怒變成藍色了。這也正表白了牠是有毒的種類。

在四尖的脚凳上，伸起牠們的圓而腫起的小頭。有時就用那圓的小頭上的嘴裏的極細的塵土，噴成一朵櫻色的小雲彩。那塵土落在溼地上，就有黑土組成的線，而且第二年便生出成百的新的地星來。

「怎樣的一個美的生存呵！」牠們彼此說。「揚塵是最高的生活目的。生活幾多時，就揚塵幾多時，是怎樣的幸福呵！」

于是牠們用了深信的嚮往，將小小的塵雲驅到空氣中。

「他們對麼，旋兒？」

「爲什麼不呢？牠們那里還能够更高一點呢？牠們並不多要求幸福，因爲此外牠們再不能够了。」

夜已深，樹影都飛進了一律的黑暗裏的時候，充滿秘密的樹林的震動沒有停。在草和叢莽中間，處處有小枝們瑟瑟着，格格着，枯的小葉子們簌簌着。約翰感覺着不可聞的鼓翼的風動，且知道不可辨的東西來到近旁了。現在他却聽得有分明的聲音在細語，還有脚在細步地跳躍了。看哪，叢莽的黑暗的深處，正有一粒小小的藍的火星在發光，而且消失了。那邊又一粒，而且又一粒！靜着！…倘若他留神傾聽，便聽得樹葉裏有一種簌簌聲，就在他極近旁，——靠近那黑暗的樹幹的所在。這藍的小光就從牠後面起來，並且停在尖上了。

現在約翰看見到處閃着火光；牠們在黑暗的枝柯間飄浮，小跳着吹到地面，還有大的閃爍的一堆，如一個愉快的火，在衆星間發亮。

「這是什麼火呢？」約翰問。「這燒得輝煌。」

「這是一個朽爛的樹幹，」旋兒說。

他們走向一粒沈靜的，明亮的小光去。

「那我就要給你介紹將知（註）了。他是小鬼頭們中最年老，且最伶俐的。」

約翰臨近的時候，他看見他坐在他的小光旁邊。在藍色的照映中，可以分明地辨別打皺的臉帶着灰色的鬍鬚；他蹙着眉頭，高聲地誦讀着。小頭上戴一頂槲斗的小帽還插一枝小翎，——前面坐着一個十字蜘蛛，並且對他傾聽。待到他們倆接近時，小鬼頭便揚起眉毛來看，却不從他的小書上擡頭。十字蜘蛛爬去了。

註——Wistik，德譯Wüsstich，「我將知道」之意。

「好晚上，」小鬼頭說；「我是將知。你們倆是誰呢？」

「我叫約翰。我很願意和你相識。你在那里讀什麼呢？」

「這不合于你的耳朶，」將知說，「這僅只是爲那十字蜘蛛的。」

「也給我看一看罷，愛的將知，」約翰懇求說。

「這我不可以。這是蜘蛛的聖書，我替牠們保存着的，並且永不得交在別一個的手裏。我有神聖的文件，那甲蟲的和胡蝶的，刺猬的，土撥鼠的，以及凡有生活在這里的一切的。牠們不能都讀，倘牠們想要知道一些，我便讀給牠們聽。這于我是一個大大的光榮，一個信任的職位，你懂麼？」

那小男人屢次十分誠懇地點頭，且向高處伸上一個示指去。

「你剛纔做了什麼了呢？」

「講那塗鴉潑剌的故事。那是十字蜘蛛中的大英雄，很久以前活着的，而且有一個網，張在三顆大樹上，牠還在那里一日裏捉獲過一千二百匹飛蠅們。在塗鴉潑剌時代以前，蜘蛛們是都不結網，單靠着草和死動物營生的：塗鴉潑剌却是一個明晰的頭腦，並且指出，活的動物也都爲着蜘蛛的食料而創造。其時塗鴉潑剌又靠着繁難的計算，發明了十分精美的網，因爲牠是一位偉大的數學家。于是十字蜘蛛纔結牠的網，線交線，正如牠所傳授的一樣，只是小得多。因爲蜘蛛的族類也很變種了。塗鴉潑剌曾在牠的網上捉獲過大禽鳥，還殺害過成千的牠自己的孩子們，——這曾是一個大的蜘蛛呵！末後，來了一陣大風，便拖着塗鴉潑剌和牠的網帶着緊結着網的三顆樹，都穿過空中，到了遠方的樹林裏，在那里牠便永被崇拜了，因了牠的大凶心和牠的機巧。

「這都是眞實麼？」約翰問。

「那是載在這書兒上的，」將知說。

「你相信這些麼？」

小鬼頭細着一隻眼，且將示指放在鼻子上。

「在別種動物的聖書裏，也曾講過塗鴉潑剌的，牠被稱為一個剽悍的和卑劣的怪物。我于此不加可否。」

「可也有一本地祇的書兒呢，將知？」

將知微微懷疑地看定了約翰。

「你究竟是一個什麼東西呢，約翰？你有點——有點是人似的，我可以說。」

「不是，不是！放心罷，將知，」旋兒說，「我們是妖。約翰雖然先前常在人類裏往來。但你可以相信他。這于他無損的。」

「是呵，是呵！那很好，然而我倒是地祇中的最賢明的，我並且長久而勤勉地研究過，直到知道了我現今所知道的一切。因了我的智慧，我就必須謹慎。如果我講得太多，就毀損我的名聲。」

「你以為在什麼書兒上，是記着正確的事的呢？」

「我曾經讀得很不少，但我却不信我讀過這些書。那須不是妖精書，也不是地祇書。然而那樣的書兒是應該存在的。」

「那是人類書麼？」

「那我不知道，但我不大相信，因爲眞的書兒是應該能致大幸福和大太平的——在那上面，應該詳細地記載着，爲什麼一切是這樣的，像現狀這樣。那就誰也不能再多問或多希望了。人類還沒有到這地步，我相信。」

「阿，實在的，」旋兒笑着說。

「然而也眞有這樣的一本書兒麼？」約翰切望地問。

「有，有！」小鬼頭低聲說，「那我知道——從古老的，古老的傳說。靜着呀！我又知道，牠在那里，誰能夠覓得牠。」

「阿，將知！將知！」

「爲什麼你還沒有呢？」旋兒問。

「只要耐心，——這就要來了。幾個條件我還沒有知道。但不久我就要覓得了。

我曾畢生爲此工作而且向此尋求。因爲一覓得，則生活將如晴明的秋日，上是藍色的天而周圍是藍色的霧：但沒有落葉簌簌着，沒有小枝格格着，也沒有水珠點滴着；陰影將永不變化，樹梢的金光將永不慘淡。誰曾讀過這書，則凡是于我們顯得明的，將是黑暗，凡是于我們顯得幸福的，將是憂愁。是的，我都知道，而且我也總有一回要覓得牠。」

那山鬼很高地揚起眉毛，幷且將手指擱在嘴上。

「將知，你許能敎給我罷。」約翰提議道，但他還未說完，便覺得有猛烈的風的一突，還看見一個又大又黑的形像，在自己前面迅速而無聲地射過去了。

他回顧將知時，他還及見一隻細小的脚怎樣地消沒在樹幹裏，噗哧！小鬼頭連那書兒都跳進他的洞裏去了。小光燒得漸漸地微弱了，而且忽然消滅了。那是非常奇特的燭。

「那是什麼？」在暗中緊握着旋兒的約翰問。

「一個貓頭鷹，」旋兒說。

兩個都沈默了好些時。約翰于是問道：「將知所說的，你相信麼？」

「將知却並不如他所自負似的伶俐。那樣的書他永遠覓不到，你也覓不到的。」

「然而有是有的罷？」

「那書兒的存在，就如你的影子的存在，約翰。你怎樣地飛跑，你怎樣地四顧着想攫取，也總不能抓住或拿回。而且你終于覺着，你是在尋覓自己呢。不要做獃子，並且忘掉了那山鬼的胡說罷！我願意給你講一百個更好的故事呢。同我來，我們不如到林邊去，看我們的好父親怎樣地從睡覺的草上，揭起那潔白的，繇軟的露被來罷。同來呵！」

約翰走着，然而他不懂旋兒的話，也不從他的忠告。他看見燦爛的秋晨一到黎明，便想那書兒，在那上面，是寫着爲什麼一切是這樣，像現狀這樣的——他並且低聲自己反覆着說道：「將知！將知！」

六

從此以後，他在樹林中和沙阜上，旋兒的旁邊，似乎不再那麼高興和自得了。凡有旋兒所講述和指示的，都不能滿足他的思想。他每次必想那小書，但議論却不敢。他所看見的，也不再先前似的美麗和神奇了。雲是這樣地黑而重，使他恐怖，彷彿就要從頭上壓下來。倘秋風不歇地搖撼和鞭扑這可憐的疲倦的林木，致使淺綠的葉腹，翻向上邊，以及黃色的柯葉和枯枝在空氣中飄搖時，也使他覺得悲痛。

旋兒所說的，于他不滿足。許多是他不懂，即使提出一個，他所日夜操心的問題來，他也永是得不到圓滿分明的答案。他于是又想那一切全都這樣淸楚和簡單地寫着的小書，想那將來的永是晴明而沈靜的秋日。

「將知！將知！」

「約翰，我怕你終于還是一個人，你的友情也正如人類的一樣，——在我之後和你說話的第一個，將你的信任全都奪去了。唉，我的母親一點也不錯。」

「不，旋兒！你却聰明過于將知，你也聰明如同小書。你爲什麼不告訴我一切的呢？就看罷！爲什麼風吹樹木，至使牠們必須彎而又彎呢？牠們不能再，——最美的枝條折斷，成百的葉兒紛墜，縱然牠們也還碧綠和新鮮。牠們都這樣地疲乏，也不再能够支撐了，但仍然從這粗野的惡意的風，永是從新的搖動和打擊。爲什麼這樣的呢？風要怎樣呢？」

「可憐的約翰！這是人的議論呵！」

「使牠靜着罷，旋兒。我要安靜和日光。」

「你的質問和願望都很像一個人，因此旣沒有囘答，更沒有滿足。如果你不去學學質問和希望些較好的事，那秋日便將永不爲你黎明，而你也將如說起將知的成千的人們一樣了。」

「有這麼多的人們麼？」

「是的，成千的！」將知做得很秘密，但他仍然是一個永不能沈默他的秘密的胡塗的饒舌者。他希望在人間覓得那小書，且向每個或者能够幫助他的人，宣傳他的智慧。他並且已經將許多人們因此弄得不幸了。人們相信他，想自己覓得那書，正如幾個試驗煉金的一樣地熱烈。他們犧牲一切，——忘却了所有他們的工作和他們的幸福，而自己監禁在厚的書籍，奇特的工具和裝置之間。他們將生活和健康拋在一旁，他們忘却了蔚藍的天和這溫和的慈惠的天然——以及他們的同類。有時他們也覓得緊要和有用的東西，有如從他們的洞穴裏，擲上明朗的地面來的金塊似的；他們自己和這不相干，讓別人去享用，而自己却奮發地無休無息地在黑暗裏更向遠處掘和挖。他們並非尋金，倒是尋小書，他們沈淪得越深，離花和光就越遠，由此他們希望得越多，而他們的期待也越滋長。有幾個却因這工作而昏瞶了，忘其所以，一直搗亂到苦惱的兒戲。于是那山鬼便將他們變得稚氣。人看見，他們怎樣地用沙來造小塔，並且計算，到牠落成爲止，要用多少粒沙；他們做小瀑布，並且細算那水所形成的各個渦和各個浪；他們掘小溝，還應用所有他們的堅忍和才智，爲的是將這掘得光滑，而且沒有小石頭。倘有誰來攪擾了在他們工作上的這昏迷，並且問，他們做着什麼事。他們便正經地重要地看定你，還喃喃道：『將知！將知！』

「是的，一切都是那幺麼的可惡的山鬼的罪！你要小心他，約翰！」

但約翰却凝視着對面的搖動和呼哨的樹木；在他明澈的孩童眼上，嫩皮膚都打起皺來了。他從來沒有這樣嚴正地凝視過。

「而仍然——你自己說過——那書兒是存在的！阿，我確實知道，那上面也載着你所不願意說出名字來的那大光。」

「可憐的，可憐的約翰！」旋兒說，他的聲音如超出于暴風雨聲之上的平和的歌頌。「愛我，以你的全存在愛我罷。在我這里，你所覓得的會比你所希望的還要多。凡你所不能想像的，你將了然，凡你所希望知道的，你將是自己。天和地將是你的親信，羣星將是你的同胞，無窮將是你的住所。」

「愛我，愛我——霍布草蔓之于樹似的圍抱我，海之于地似的忠于我，——只有在我這里是安寧，約翰！」

旋兒的話銷歇了，然而頌歌似的裊裊着。牠從遠處飄蕩而來，匀整而且莊嚴，透過了風的吹拂和呼嘯，——平和如月色，那從相逐的雲間穿射出來的。

旋兒伸開臂膊，約翰睡在他的胸前，用藍的小氅衣保護着。

他夜裏却醒來了。沈靜是驀地不知不覺地籠罩了地面，月亮已經沈沒在地平線下。不動地垂着疲倦的枝葉，沈默的黑暗掩蓋着樹林。

于是問題來了，迅速而陰森地接續着，回到約翰的頭裏來，並且將還很稚弱的信任驅逐了。爲什麼人類是這樣子的？爲什麼他應該拋掉他們而且失了他們的愛？爲什麼要有冬天？爲什麼葉應該落而花應該死？爲什麼？爲什麼？爲什麼？

于是深深地在叢莽裏，又跳着那藍色的小光。牠們來來去去。約翰嚴密地注視着牠們。他看見較大的明亮的小光在黑暗的樹幹上發亮。旋兒酣睡得很安靜。

「還有一個問，」約翰想，並且溜出了藍的小氅衣，去了。

「你又來了？」將知說，還誠意地點頭。「這我很喜歡。你的朋友在那里呢？」

「那邊！我只還想問一下。你肯回答我麼？」

「你曾在人類裏，實在的麼？你去辦我的秘密麼？」

「誰會覓得那書兒呢，將知？」

「是呵，是呵！這正是那個，這正是！——你願意幫助我麼，倘我告訴了你？」

「如果我能够，當然！」

「那就聽着，約翰！」將知將眼睛張得可怕地大，還將他的眉毛揚得比平常更其高。于是他伸手向前，小聲說：「人類存着金箱子，妖精存着金鎖匙，妖敵覓不得，妖友獨開之。春夜正其時，紅膆鳥深知。」

「這是眞的麼，這是眞的麼？」約翰嚷着，並且想着他的小鎖匙。

「眞的！」將知說。

「爲什麼還沒有人得到呢？有這麼多的人們尋覓牠。」

「凡我所託付你的，我沒有告訴過一個人，一個也不。」

「我有着，將知！我能够幫助你！」約翰歡呼起來，並且拍着手。「我去問問旋兒。」

他從莓苔和枯葉上飛回去。但他顚躓了許多回，他的脚步是沈重了。粗枝在他的脚下索索地響，往常是連小草梗也不彎曲的。

這里是茂盛的羊齒草叢，他曾在底下睡過覺。這于他顯得多麼矮小了呵。

「旋兒！」他呼喚。他就害怕了他自己的聲音。

「旋兒！」這就如一個人類的聲音似的發響，一匹膽怯的夜鶯叫喊着飛去了。

羊齒叢下是空的——約翰看見一無所有。

籃色的小光消失了，圍繞着他的是寒冷和無底的幽暗。他向前看，只見樹梢的黑影，散布在星夜的空中。

他再叫了一回。于是他不再敢了。他的聲音，響出來像是對于安靜的天然的褻黷，對于旋兒的名字的譏嘲。

可憐的小約翰于是仆倒，在絕望的後悔裏嗚咽起來了。

七

早晨是寒冷而黯淡。黑色的光亮的樹枝，被暴風雨脫了葉，在霧中哭泣。下垂的溼草上面，慌忙地跑着小約翰，凝視着前面，是樹林發亮的地方，似乎那邊就擺着他的目的。他的眼睛哭紅了，並且因爲恐懼和苦惱而僵硬了。他是這樣地跑了一整夜，像尋覓着光明似的，——和旋兒在一處，他是安穩地如在故鄉的感覺。每一暗處，都坐着拋棄的游魂，他也不敢回顧自己的身後。

他終于到了一個樹林的邊際。他望見一片牧場，那上面徐徐下着細微的塵雨。牧場中央的一株禿柳樹旁站着一匹馬。牠不動地彎着頸子，雨水從牠發亮的背脊和粘成一片的鬖毛上懶散地滴瀝下來。

約翰還是跑遠去，沿着樹林。他用了疲乏的恐懼的眼光，看着那孤寂的馬和晦暗的雨煙，微微呻吟着。

「現在是都完了，」他想，「太陽就永不回來了。于我就要永是這樣，像這里似的。」

在他的絕望中，他却不敢靜靜地站定，——驚人的事就要出現了，他想。

他在那里看見一株帶着淡黃葉子的菩提樹下，有一個村舍的大的柵欄門和一間小屋子。

他穿進門去，走過寬廣的樹間路，櫻色的和黃的菩提葉，厚鋪在地面上。草壇旁邊生着紫色的翠菊，還隨便錯雜着幾朶彩色的秋花。

他走近一個池。池旁站着一所全有門戶和窗的大屋。薔薇叢和常春藤生在牆根。半已禿葉的栗樹圍繞着牠，在地上和將落的枝葉之間，約翰還看見閃着光亮的櫻色的栗子。

冰冷的死的感覺，從他這里退避了。他想到他自己的住所——那地方也有栗樹，當這時候他總是去覓光滑的栗子的。驀地有一個願望網住他了，他似乎聽得有熟識的聲音在呼喚。他就在大屋旁邊的板凳上坐下，並且靜靜地啜泣起來。

一種特別的氣味又引得他擡了頭。他近旁站着一個人，繫着白色的圍裙，還有煙管啣在嘴裏。環着腰帶有一條菩提樹皮，他用牠繫些花朵。約翰也熟識這氣味，他就記起了他在自己的園子裏，並且想到那送他美麗的青蟲和爲他選取鷓鴣蛋的園丁。

他並不怕——雖然站在他身邊的也是一個人。他對那人說，他是被拋棄，而且迷路了，他還感謝地跟着他，進那黃葉的菩提樹下的小屋去。

那裏面坐着園丁的妻，織着黑色的韈子。竈頭的煤火上掛一個大的水罐，且煑着。火旁的席子上坐着一匹貓，拳了前爪，正如約翰離家時候坐在那里的西蒙。

約翰要烘乾他的脚，便坐在火旁邊。「鏑！—鏑！—鏑！—鏑！」—那大的時鐘說。約翰看看呼哨着從水罐裏紛飛出來的蒸汽，看看活潑而游戲地超過瓦器，跳着的小小的火苗。

「我就在人類裏了，」他想。然而于他並無不舒服。他覺得完全安寧了。他們都好心而且友愛，還問他怎樣是他最心愛的。

「我最愛留在這里，」他回答說。

這里給他安全，倘一回家，將就有憂愁和眼淚。他必須不開口，人也將說他做了錯事了。一切他就須再看見，一切又須想一回。

他實在渴慕着他的小房子，他的父親，普烈斯多，——但比起困苦的愁煩的再見來，他寧可在這里忍受着平靜的渴慕。他又覺得，彷彿這里是可以毫無攪擾地懷想着旋兒，在家裏便不行了。

旋兒一定是走掉了。遠遠地到了椰樹高出于碧海之上的晴朗的地方去了。他情願在這里懺悔，並且堅候他。

他因此請求這兩個好心的人們，許他留在他那里。他願意帮助養園和花卉。只在這一冬。因爲他私自盼望，旋兒是將和春天一同回來的。

園丁和他的妻以爲約翰是在家裏受了嚴刻的待遇，所以逃出來的。他們對他懷着同情，並且許他留下了。

他的願望實現了。他留下來，帮助那花卉和園子的養護。他們給他一間小房，有一個藍板的牀位。在那里，他早晨看那潮溼的黃色的菩提樹葉子怎樣地在窗前輕拂，夜間看那黑暗的樹幹，後面有星星們玩着捉迷藏的游戲，怎樣地往來動搖。他就給星星們名字，而那最亮的一顆，他稱之爲旋兒。

給花卉們呢，那是他在故鄉時幾乎全都熟識的，他敍述自己的故事。給嚴正的大的翠菊，給彩色的莘尼亞，給潔白的菊花，那開得很長久，直到凜烈的秋天的。

當別的花們全都死去時，菊花還挺立着，待到初雪纔下的淸晨，約翰一早走來看牠們的時候，——牠們也還伸着愉快的臉，並且說：「是的，我們還在這里呢！這是你沒有想到的罷！」牠們自以爲勇敢，但三天之後，牠們却都死了。

溫室中這時還盛裝着木本羊齒和椰樹，在潤溼的悶熱裏，並且掛着蘭類的奇特的花鬚。約翰驚異地凝視在這些華美的花托上，一面想着旋兒。但他一到野外，一切是怎樣地寒冷而無色呵，帶着黑色的足印的雪，索索作響的滴水的禿樹。

倘若雪團沈默着下得很久，樹枝因着增長的茸毛而彎曲了，約翰便喜歡走到雪林的紫色的昏黃中去。那是沈靜，却不是死。如果那伸開的小枝條的皎潔的白，分布在明藍的天空中，或者過于負重的叢莽，搖去積雪，使牠紛飛成一陣燦爛的雲煙的時候，却幾乎更美于夏綠。

有一次，就在這樣的游行中，他走得很遠，周圍只看見戴雪的枝條——半黑，半白——而且各個聲響，各個生命，彷彿都在燦爛的蒙茸裏消融了，于是使他似乎見有一匹小小的白色的動物在他前面走。他追隨牠——這不像是他所認識的動物——但當他想要捉，這却慌忙消失在一株樹幹裏了。約翰窺探着黑色的穴口，那小動物所伏匿的，並且自問道：「這許是旋兒罷？」

他不甚想念他。他以他為不好，他也不肯輕減他的懺悔。而在兩個好人身邊的生活，也使他很少疑問了。他雖然每晚必須讀一點大而且黑的書，其中許多是關于上帝的議論，但他却認識那書，也讀得很輕率。然而在他游行雪地以後的那一夜，他醒着躺在牀上，眺望那地上的寒冷的月光。他驀地看見一雙小手，怎樣地伸上牀架來試探，並且緊緊地扳住了牀沿。于是在兩手之間顯出一個白的小皮帽的尖來，末後，他看見揚起的眉毛之下，一對嚴正的小眼。

「好晚上，約翰！」將知說，「我到你這里來一下，為的是使你記念我們的前約。你不能覓得那書兒，是因為還不是春天。但你却想着那個麼？那是怎樣地一本厚書呀，那我看見你所讀的？那不能是那正當的呵。不要信牠罷！」

「我不信牠，將知，」約翰說。他翻一個身，且要睡去了。然而那小鎖匙却不肯離開他的心念。從此他每讀那本厚書的時候，也就想到那匙兒，于是他看得很清楚，那不是那正當的。

八

「他就要來罷！」當積雪初融，松雪草到處成羣出現時，約翰想。「他來不來呢？」他問松雪草。然而牠們不知道，只將那下垂的小頭，儘向地面注視，彷彿牠們羞慚着自己的愚遫，也彷彿想要再回地裏似的。

只要牠們能！冰冷的東風怒吼起來了，雪積得比那可憐的太早的東西還要高。

許多星期以後，紫花地丁來到了；牠們的甜香突過了叢莽，而當太陽悠長地溫暖地照着生苔的地面的時候，那斑斕的蓮馨花們也就成千成百地開起來。

怯弱的紫花地丁和牠們的强烈的芳香是將要到來的豪華的秘密的前驅，快活的蓮馨花却就是這愉快的現實。醒了的地，將最初的日光緊緊地握住了，還藉此給自己做了一種金的裝飾。

「然而現在！他現在却一定來了！」約翰想，他緊張地看着枝上的芽，牠們怎樣地逐日徐徐湧現，並且掙脫厚皮，直到那最初的淡綠的小尖，在櫻色的鱗片之間向外窺探。約翰費了許多時光，看那綠色的小葉：他永是看不出牠們如何轉動，但倘或他略一轉瞬，牠們又彷彿就大了一點了。他想：「倘若我看着牠們，牠們是不敢的。」

枝柯已經織出陰來。旋兒還沒有到，沒有鴿子在他這里降下，沒有小鼠和他談天。倘或他對花講話，牠們只是點頭，並不回答。「我的罰還沒有完罷，」他想。

在一個晴朗的春日裏，他來到池旁和屋子前。幾個窗戶都暢開了。是人們搬進那里去了罷？

站在池邊的烏莓的宿叢，已經都用嫩的小葉子遮蓋了，所有枝條，都得到精細的小翅子了。在草地上，靠近烏莓的宿叢，躺着一個女孩子。約翰只看見她淺藍的衣裳和她金黃的頭髮。一匹小小的紅臁鳥停在她肩上，從她的手裏啄東西。她忽而轉過臉來向約翰注視着。

「好天，小孩兒，」她說，並且友愛地點點頭。

約翰從頭到脚都震悚了。這是旋兒的眼睛，這是旋兒的聲音。

「你是誰呀？」他問，因爲感動，他的嘴唇發着抖。

「我是榮兒，這里的這個是我的鳥。當你面前牠是不害怕的。你可喜歡禽鳥麼？」

那紅臁鳥在約翰面前並不怯。牠飛到他的臂膊上。這正如先前一樣。她應該一定是旋兒了，這藍東西。

「告訴我，你叫什麼，小孩兒，」旋兒的聲音說。

「你不認識我麼？你不知道我叫約翰麼？」

眼睛。

「我怎樣會知道呢？」

這是什麼意思呢？那也還是熟識的甜美的聲音，那也還是黑暗的，天一般深的

「你怎麼這樣對我看呢，約翰？你見過我麼？」

「我以爲，是的。」

「你却一定是做夢了。」

「做夢了？」約翰想。「我是否一切都是做的夢呢？還是此時正在做夢呢？」

「你是在那里生的？」他問。

「離這里很遠，在一個大都會裏。」

「在人類裏麼？」

榮兒笑了，那是旋兒的笑。「我想，一定。你不是麼？」

「唉，是的，我也是！」

「這于你難受麼？——你不喜歡人們麼？」

「不！誰能喜歡人們呢？」

「誰？不，約翰。你却是怎樣的一個稀奇的小傢伙呵！你更愛動物麼？」

「阿，愛得多！和那花兒們！」

「我早先原也這樣的。只有一次。然而這些都不正當。我們應該愛人類，父親說。」

「這爲什麼不正當？我要愛誰，我就愛誰，有什麼正當不正當。」

「呸，約翰！你沒有父母，或別的照顧你的誰麼？你不愛他們麼？」

「是呵，」約翰沈思地說。「我愛我的父親。但不是因爲正當。也不因爲他是一個人。」

「爲什麼呢？」

「這我不知道：因爲他不像別的人們那樣，因爲他也愛花們和鳥們。」

「我也曾這樣，約翰！你看見了罷。」榮兒還將紅膆鳥叫回她的手上來，並且友愛地和牠說話。

「這我知道，」約翰說，「我也喜歡你。」

「現在已經？這却快呀！」女孩笑着。「但你最愛誰呢？」

「誰……？」約翰遲疑起來了。他須提出旋兒的名字麼？對着人們可否提這名字的畏懼，在他的思想上是分不清楚的。然而那藍衣服的金髮東西，却總該就是那個名目了。此外誰還能給他這樣的一個安寧而且幸福的感覺呢？

「你！」他突然說，且將全副眼光看着那深邃的眼睛。他大膽地敢于完全給與了；然而他還擔心，緊張地看着對于他的貴重的贈品的接受。

榮兒又發一陣響亮的笑，但她便拉了他的手，而且她的眼光並不更冷漠，她的聲音也沒有減少些親密。

「阿，約翰，」她說，「我怎麼忽然掙得了這個呢？」

約翰並不回答，還是用了滋長的信任，對着她的眼睛看。榮兒站了起來，將臂膊圍了約翰的肩頭。她比他年紀大一點。

他們在樹林裏走，一面採擷些大簇的蓮馨花，直至能够全然爬出，到了玲瓏的花卉的山下。紅膆鳥和他們一起，從這枝飛到那枝，還用了閃閃的漆黑的小眼睛，向他們窺伺。

他們談得並不多，却屢次向旁邊互視。兩個都驚訝于這相遇，且不知道彼此應該如何。然而榮兒就須回家了——這使他難受。

「我該去了，約翰。但你還願意和我同走一回麼？你眞是一個好孩子，」她在分離的時候說。

「唯！唯！」紅膆鳥說，並且在她後面飛。

當她已去，只留下她的影像時，他不再疑惑她是誰了。她和他是一個，對于那他，他是送給了一切自己的友愛的；旋兒這名字，在他這里逐漸響得微弱下去了，而且和榮兒混雜了。

他的周圍也又如先前一樣。花卉們高興地點頭，牠們的芳香，則將他對于感動和養育他至今的家鄉的愁思，全都驅逐了。在嫩綠中間：在微温的柔軟的春氣裏，他覺得忽然如在故鄉，正如一隻覓得了牠的窠巢的禽鳥。他應該伸開臂膊來，並且深深地呼吸。他太幸福了。在歸途中，是嫩藍衣的金髮，飄泛在他眼前，總在他眼前，無論他向那一方面看。那是，彷彿他看了太陽，又彷彿日輪總是和他的眼光一同遷徙似的。

從那一日起，每一清晨，約翰便到池邊去。他去得早，只要是垂在窗外的常春藤間的麻雀的爭鬧，或者在屋簷上鼓翼和初日光中喧嚷着的白頭翁的咕嘲或曼聲的啾啾來叫醒他，他便慌忙走過溼草，來到房屋的近旁，還在紫丁香叢後等候，直到他聽得玻璃門怎樣地被推開了，並且看見一個明朗的風姿的臨近。

他們于是經過樹林和爲樹林作界的沙岡。他們閒談着凡有他們所見的一切，談樹木和花草，談沙岡。倘和她一同走，約翰就有一種奇特的昏迷的感覺：他每又來得這樣地輕，似乎能夠飛向空中了。但這却沒有實現。他敍述花卉和動物的故事，就是從旋兒那里知道的。然而他已經忘却了如何學得那故事，而且旋兒也不再爲他存在了，只有榮兒。倘或她對他微笑，或在她眼裏看出友情，或和她談心，縱意所如，毫無遲疑和畏怯，一如先前對着普烈斯多說話的時候，在他是一種享用。倘不相見，他便想她，每作一事，也必自問道，榮兒是否以爲好或美呢。

她也顯得很高興；一相見，她便微笑，並且走得更快了。她也曾對他說，她的喜歡和他散步，是和誰也比不上的。

「然而約翰，」有一回，她問，「你從何知道，金蟲想什麼，雲雀唱什麼，兎洞裏和水底裏是怎樣的呢？」

「牠們對我說過，」約翰答道，「而且我自己曾到過兎洞和水底的。」

榮兒蹙了精美的雙眉，半是嘲弄地向他看。但她在他那里尋不出虛僞來。

他們坐在丁香叢下，滿叢垂着紫色的花。橫在他們脚下的是池子帶着睡蓮和蘆葦。他們看見黑色的小甲蟲怎樣地打着圈子滑過水面，紅色的小蜘蛛怎樣忙碌地上下泅水。這里是擾動着旋風般的生活。約翰沈在回憶中，看着深處，並且說：

「我曾經沒入那里去過的，我順着一枝荻梗滑下去，到了水底。地面全鋪着枯葉子，走起來很軟，也很輕。在那里永遠是黃昏，綠色的黃昏，因爲光線的透入是經過了綠的浮萍的。並且在我頭上，看見垂着長而白的浮萍的小根。鯢魚近來，而且繞着我游泳，牠是很好奇的。這是奇特的，假如一個這麼大的動物，從上面游來——我也不能遠望前面，那里是黑暗的，却也綠。就從那幽暗裏，動物們都像黑色的影子一般走過來。生着槳爪的水甲蟲和光滑的水蜘蛛——往往也有一條小小的魚兒。我走得很遠，我覺得有幾小時之遠，在那中央，是一坐水草的大森林，其間有蝸牛向上爬着，水蜘蛛們做些光亮的小窠。刺魚們飛射過去，並且時時張着嘴抖着鬐向我注視，牠們是這樣地驚疑。我在那里，和我幾乎踏着牠的尾巴了的一條鰗魚，成了相識。牠給我叙述牠的旅行；牠是一直到過海裏的，牠說。因此大家便將牠當作池子的王了，因爲誰也不及牠游行得這麼遠。牠却永是躺在泥濘裏而且睡覺，除了牠得到別個給牠弄來的什麼喫的東西的時候。牠喫得非常之多。這就因爲牠是王；大家喜歡一個胖王，這是格外的體面。唉，在池子裏是太好看了！」

「爲什麼你現在不能再到那里去了呢？」

「現在？」約翰問，並且用了睜大的沈思的眼睛對她看。「現在？我不再能够了，我會在那里淹死。然而現在也無須了。我願意在這里，傍着丁香和你。」

榮兒駭異地搖着金髮的頭，並且撫摩約翰的頭髮。她于是去看那在池邊像是尋覓種種食餌的紅膆鳥。牠忽然擡起頭，用了牠的明亮的小眼睛，向兩人凝眺了一瞬息。

「你可有些懂得麼，小鳥兒？」

那小鳥兒很狡猾地向裏一看，就又去尋覓和玩耍了。

「給我講下去，約翰，講那凡你所看見的。」

這是約翰極願照辦的，榮兒聽着他，相信而且凝神地。

「然而爲什麽全都停止了呢？爲什麽你現在不能同我——到那邊的各處去走呢？那我也很喜歡。」

約翰督促起他的記憶來，然而一幅他曾在那上面走過的晴朗的輕紗，却掩覆着深處。他已經不很知道，他怎樣地失掉了那先前的幸福了。

「那我不很明白，你不必再問這些罷。一個可惡的小小的東西，將一切都毁掉了。但現在是一切都已回來。比先前還要好。」

紫丁香花香從叢裏在他們上面飄泛下來，飛蠅在水面上營營地叫，還有平靜的日光，用了甘美的迷醉，將他們沁透了。直到家裏的一口鐘開始敲打，發出響亮的震動來，纔和榮兒迅速地慌忙走去。

這一晚約翰到了他的小屋子裏，看着溜過窗玻璃去的常春藤葉的月影的時候，似乎聽得叩窗聲。約翰以爲這許是在風中顫動的一片常春葉。然而叩得很分明，總是一叩三下，使約翰只能輕輕地開了窗，而且謹愼地四顧。小屋邊的藤葉子在藍色的照映裏發光，這之下，是一個滿是秘密的世界。在那里有窠和洞，月光只投下一點小小的藍色的星火來，這却使幽暗更加深邃。

許多時光，約翰凝視着那奇異的陰影世界的時候，他終于極淸楚地，在高高地挨着窗，一片大的常春藤葉下面，看見藏着一個小小的小男人的輪廓。他從那軒起的眉毛下的睜大的駭詫的眼，即刻認出是將知了。在將知的長的鼻子的尖端，月亮畫上了一點細小的星火。

「你忘掉我了麼，約翰？爲什麼你不想想那個呢？這正是正當的時候了。你還沒有向紅膝鳥問路麼？」

「唉，將知，我須問什麼呢？凡我能希望的，我都有了。我有榮兒。」

「但這却不會經久的。你還能更幸福—榮兒一定也如此。那些兒就須放在那里麼？想一想罷，多麼出色呵，如果你們倆覓得那書兒。問問紅膆鳥去；我願意帮助你，倘若我能够。」

「我可以問一問，」約翰說。

將知點點頭，火速地爬下去了。

約翰在睡倒以前，還向着黑暗的陰影和發亮的常春藤葉看了許多時。第二天，他問紅膆鳥，是否知道向那小箱的路徑。榮兒驚異地聽着。約翰看見，那紅膆鳥怎樣地點頭，並且從旁向榮兒窺覷。

「不是這里！不是這里！」小鳥啾唧着。

「你想着什麼，約翰？」榮兒問。

「你不知道什麼緣故麼，榮兒？你不知道在那里尋覓這個麼？你不等候着金匙兒麼？」

「不，不！告訴我，這是怎的？」

約翰敘述出他所知道的關于小書的事來。

「而且我存着匙兒；我想，你有着金鍊。不是這樣的麼，小鳥兒？」

但那小鳥却裝作似乎沒有聽到，只在嫩的碧綠的山毛櫸樹的枝柯裏翩躚。

他們坐在一個岡坡上，這地方生長着幼小的山毛櫸和樅樹。一條綠色的道路斜引上去，他們便坐在這些的邊緣，在沙岡上，在繁密的濃綠的莓苔上。他們可以從最小的樹木的梢頭，望見綠色的海帶着明明暗暗的著色的波浪。

「我已經相信了，約翰，」榮兒深思地說，「你在尋覓的，我能夠給你覓得？但你怎麼對付那匙兒呢？你怎麼想到這里的呢？」

「是呵，這是怎的，這是怎麼一回事呢？」約翰喃喃着，從樹海上望着遠方。

他們剛走出晴明的蔚藍裏，在他們的望中忽然浮起了兩隻白胡蝶。牠們攪亂着，顫動着，而且在日光下閃爍着，無定地輕浮地飛舞。但牠們却近來了。

「旋兒，旋兒！」約翰輕輕地說，驀地沈在憶念裏了。

「旋兒是誰？」榮兒問。

紅膆鳥啾唧着飛了起來，約翰還覺得那就在他面前草裏的雛菊們，突然用了牠們的大睜的白的小眼睛，非常可怕地對他看。

「他給你那匙兒麼？」女孩往下問——約翰點點頭，沈默着，然而她還要知道得多一點——「這是誰呢？一切都是他敎給你的麼？他在那里呢？」

「現在是不再有他了。現在是榮兒，單是榮兒，只還有榮兒。」他捏住她的臂膊，靠上自己的頭去。

「胡涂孩子！」她說，且笑着。「我要使你覓得那書兒——我知道，這在那里。」

「那我就得走，去取匙兒，那是很遠呢。」

「不，不，這不必。我不用匙兒覓得牠——明早，明早呵，我准許你。」

當他們回家時，胡蝶們在他們前面翩躚着。

約翰在那夜，夢見他的父親，夢見榮兒，還夢見許多另外的。那一切都是好朋友，站在他周圍，而且親密地信任地對他看。但忽然面目都改變了，他們的眼光是寒冷而且譏嘲——他恐怖地四顧——到處是慘淡的讐視的面目。他感到一種無名的恐怖，並且哭着醒來了。

九

約翰坐得很長久，而且等候着。空氣是冷冷的，大的雲接近了地面，不斷的無窮的連續着飄浮。牠們展開了暗灰色的，波紋無際的氅衣，還在淸朗的光中捲起牠們的傲慢的峯頭，卽在那光中發亮。樹上的日光和陰影變換得出奇地迅疾，如永有烈燄飛騰的火。約翰于是覺得恐懼了；他思索着那書兒，難于相信，而還希望着，他今天將要覓得。雲的中間，很高，奇怪的高，他看見淸朗的凝固的蔚藍，那上面是和平地擴張在不動的寧靜中的，柔嫩的潔白的小雲，精妙地蒙茸着。

「這得是這樣，」他想，「這樣高，這樣明，這樣靜。」

于是棠兒來到了。然而紅膆鳥却不同來。「正好，約翰，」她大聲叫，「你可以來，並且看那書去。」

「紅膆鳥在那里呢？」約翰遲疑着問。

「沒有帶來，我們並不是散步呵。」

他一同走，不住地暗想着：那是不能，——那不能是這樣的，——一切都應該是另外的樣子。

然而他跟隨着在他前面放光的燦爛的金髮。

唉！從此以後，小約翰就悲哀了。我希望他的故事在這里就完結。你可曾討厭地夢見過一個魔幻的園，其中有着愛你而且和你談天的花卉們和動物們的沒有？于是你在夢裏就有了那知覺，知道你就要醒來，並且將一切的華美都失掉了？于是你徒然費力于堅留牠，而且你也不願看那冰冷的曉色。

當他一同進去的時候，約翰就潛藏着這樣的感覺。

他走到一所住房，那邊一條進路，反響着他的脚步。他覺到衣服和食物的氣味，他想到他該在家裏時的悠長的日子—想到學校的功課，想到一切，凡是在他生活上幽暗而且冰冷的。

他到了一間有人的房間。人有幾多，他沒有看。他們在閒談，但他一進去，便寂靜了。他注視地毯，有着很大的不能有的花紋帶些刺目的色彩。色彩都很特別和異樣，正如家鄉的在他小屋子裏的一般。

「這是園丁孩子麼？」一個正對着他的聲音說。「進來就是，小朋友，你用不着害怕的。」

一個別的聲音在他近旁突然發響：「唔，小榮，你有一個好寶貝兒哩。」

這都是什麼意義呢？在約翰的烏黑的孩子眼上，又疊起深深的皺來，他並且惑亂地驚駭地四顧。

那邊坐着一個穿黑的男人，用了冷冷的嚴厲的眼睛看着他。

「你要學習書中之書麼？我很詫異，你的父親，那園丁，那我以爲是一個虔誠人的，竟還沒有將這給了你。」

「他不是我的父親，——他遠得很。」

「唔，那也一樣。——看罷，我的孩子！常常讀着這一本，那就要到你的生活道上了……」

約翰却已認得了這書。他也不能這樣地得到那一本，那應該是全然各別的。他搖搖頭。

「不對，不對！這不是我所想的那一本。我知道，這不是那一本！」

他聽到了驚訝的聲音，他也覺得了從四面刺他的眼光。

「什麼？你想着什麼呢，小男人？」

「我知道那本書兒，那是人類的書。這本却是還不够，否則人類就安寧和太平了。這並不是。我想着的是一些各別的，人一看，誰也不能懷疑。那裏面記着，爲什麽一切是這樣的，像現狀的這樣，又清楚，又分明。」

「這能麽？這孩子的話是那里來的？」

「誰教你的，小朋友？」

「我相信，你看了邪書了，孩子，照牠胡說出來罷。」

幾個聲音這樣地發響，約翰覺得他面龐熾熱起來，——他快要暈眩了——房屋旋轉着，地毯上的大花朵一上一下地飄浮。前些日子在學校裏這樣忠誠地勸戒他的小鼠在那里呢？他現在用得着牠了。

「我沒有照書胡說，那教給我的，也比你們全班的價值要高些。我知道花卉們和動物們的話，我是牠們的親信。我明白人類是什麽，以及他們怎樣地生活着。我知道妖精們和小鬼頭們的一切祕密，因爲牠們比人類更愛我。」

約翰聽得自己的周圍和後面，有竊笑和睻笑。在他的耳朵裏，吟唱並且騷鳴起來了。

「他像是讀過安兌生(註)了。」

「他是不很了了的。」

正對着他的男人說：

「如果你知道安兌生，孩子，你就得多有些他對于上帝的敬畏和他的話。」

「上帝！」這個字他識得的，而且他想到旋兒的所說。

「我對于上帝沒有敬畏。上帝是一盞大煤油燈，由此成千的迷誤了，毀滅了。」

沒有喧笑，卻是可怕的沈靜，其中混雜着嫌惡和驚怖。約翰在背上覺得鑽刺的眼光。那是，就如在昨夜的他的夢裏。

那黑衣男人立起身來，抓住了他的臂膊。他痛楚，而且幾乎挫折了勇氣。

「聽着罷，我的孩子，我不知道，你是否不甚了了，還是全毀了——這樣的毀謗上帝在我這里卻不能容忍。——滾出去，也不要再到我的眼前來，我說。懂麼？」

註——H. Ch. Andersen (1805-1875)，有名的童話作家，丹麥人。

一切的眼光是寒冷和讐視，就如在那一夜。

約翰恐怖地四顧。

「縈兒！——縈兒在那里？」

「是了，我的孩子要毀了！——你當心着，你永不准和她說話！」

「不，讓我到她那里！我不願意離開她。縈兒，縈兒！」約翰哭着。

她却恐怖地坐在屋角裏，並不擡起眼來。

「滾開，你這壞種！你不聽！你不配再來！」

而且那痛楚的緊握，帶着他走過反響的路，玻璃門砰然闔上了—約翰站在外面的黑暗的低垂的雲物下。

他不再哭了，當他徐徐地前行的時候，沈靜地凝視着前面。在他眼睛上面的陰鬱的皺紋也更其深，而且永不失却了。

紅膝鳥坐在一座菩提樹林中，並且向他窺看。他靜靜地站住，沈默地報答以眼光。但在牠膽怯的偵察的小眼睛裏，已不再見信任，當他更近一步的時候，那敏捷的小動物便鼓翼而去了。

「走罷！走罷！一個人！」同坐在園路上的麻雀們啾唧着，並且四散地飛開。

盛開的花們也不再微笑，牠們却嚴正而淡漠地凝視，就如對于一切的生人。

但約翰並不注意這些事，他只想着那人們給他的侮辱；在他是，彷彿有冰冷的堅硬的手，汙了他的最深處了。「他們得相信我，」他想，「我要取我的匙兒，並且指示給他們。」

「約翰！約翰！」一個脆的小聲音叫道。那地方有一個小窠在一株冬青樹裏，將知的大眼睛正從窠邊上望出來。「你往那里去？」

「一切都是你的罪，將知！」約翰說。「讓我安靜着罷。」

「你怎麼也同人類去說呢，人類是不懂你的呵。你爲什麼將這樣的事情去講給人類的？這眞是獃氣！」

「他們笑罵我，又給我痛楚。那都是下賤東西；我憎惡他們。」

「不然，約翰，你愛他們。」

「不然！不然！」

「他們不像你這樣，于你就少一些痛苦了，——他們的話，于你也就算不得什麼了。對于人類，你須少介意一點。」

「我要我的匙兒。我要將這示給他們。」

「這你不必做，他們還是不信你的。這有什麼用呢？」

「我要薔薇叢下的我的匙兒。你知道怎麼尋覓牠麼？」

「是呀！——在池邊，是麼？是的，我知道牠。」

「那就帶領我去罷，將知！」

將知騰上了約翰的肩頭，告訴他道路。他們奔走了一整天，——發風，有時下狂雨，但到晚上，雲却平靜了，並且伸成金色和灰色的長條。

他們來到約翰所認識的沙岡時，他的心情柔軟了，他每次細語着：「旋兒，旋兒。」

這里是兎窟——以及沙岡，在這上面他曾經睡過一回的。灰色的鹿苔軟而且溼，並不在他的脚下挫折作響。薔薇開完了，黃色的月下香帶着牠們的迷醉的微香，成百地伸出花萼來。那長的傲兀的王燭花伸得更高，和牠們的厚實的毛葉。

約翰細看那岡薔薇的精細的淡褐色的枝柯。

「牠在那里呢，將知？我看不見牠。」

「那我不知道，」將知說，「是你藏了匙兒的，不是我。」

薔薇曾經開過的地方，已是滿是淡漠地向上望着的黃色的月下香的田野了。約翰詢問牠們，也問王燭；然而牠們太傲慢，因爲牠們的長花是高過他，——約翰還去問沙地上的三色地丁花。

却沒有一個知道一點薔薇的事。牠們一切都是這一夏天的。不但那這麼高的自負的王燭。

「唉，牠在那里呢？牠在那里呢？」

「那麽，你也騙了我了？」將知說，「這我早想到，人類總是這樣的。」

他從約翰的肩頭溜下，在岡草間跑掉了。

約翰在絕望中四顧——那里站着一窠小小的岡薔薇叢。

「那大薔薇在那里呢？」約翰問，「那大的，那先前站在這里的？」

「我們不和人類說話，」那小叢說。這是他所聽到的末一回，——四圍的一切生物都沈靜地緘默了，只有蘆葉在輕微的晚風中瑟瑟地作響。

「我是一個人麽，」約翰想。「不，這不能是，不能是。我不願意是人。我憎惡人類。」

他疲乏，他的精神也遲鈍了。他坐在小草地邊的，散布着溼而强烈的氣息的，柔軟的蒼苔上。

「我不能回去了，我也不能再見榮兒了。我的彪兒在那里呢？旋兒在那里呢？爲什麼我也須離開榮兒呢？我不能缺掉她。如果少了她，我不會死麼？我總須生活着，且是一個人——像其他的，那笑罵我的一個人麼？」

于是他忽又看見那兩個白胡蝶；那是從陽光方面向他飛來的。他緊張着跟在牠們的飛舞之後，看牠們是否指給他道路。牠們在他的頭上飛，彼此接近了，于是又分開了，在愉快的游戲中盤旋着。牠們慢慢地離開陽光，終于飄過岡沿，到了樹林裏。那樹林是只還有最高的尖，在從長的雲列下面通紅而鮮豔地閃射出來的夕照中發亮。

約翰跟定牠們。但當牠們飛過最前排的樹木的時候，他便覺察出，怎樣地有一個黑影追躡着有聲的鼓翼，並且將牠們擒拿。一轉瞬間，牠們便消失了。那黑影却迅速地向他射過來，他恐怖地用手掩了臉。

「唉，小孩子！你爲什麼坐在這里哭？」帖近他響着一個鋒利的嘲笑的聲音。

約翰先曾看見，像是一隻大的黑蝙蝠奔向他，待到他擡頭去看的時候，却站着一個黑的小男人，比他自己大得很有限。他有一個大頭帶着大耳朶，黑暗地翹在明朗的莽天中，瘦的身軀和細細的腿。從他臉上，約翰只看見細小的閃爍的眼睛。

「你失掉了一點什麼麼，小孩子？那我願意帮你尋。」他說。

但約翰沈默着搖搖頭。

「看罷，你要我的這個麼？」他又開始了，並且攤開手。約翰在那上面看見一點白東西，時時動彈着。那便是白色的胡蝶兒，快要死了，顫動着撕破的和拗斷的小翅子。約翰覺到一個寒慄，似乎有人從後面在吹他，並且恐懼地仰看那奇特的傢伙。「你是誰？」他問。

「你要知道我的名字麼，小孩子？那麼，你就只稱我穿鑿(註)，簡直穿鑿。我雖然還有較美的名字，然而你是不懂的。」

註——Pleuzer，德譯 Klauber，也可以譯作挑選者，吹求者，挑剔者等。

「你是一個人麼，」

「聽罷！我有着臂膊和腿和一個頭—看看是怎樣的一個頭罷！—」那孩子却問我，我是否一個人哩！但是，約翰，約翰！」那小男人還用咿咿啞啞的聲音笑起來。

「你怎麼知道我是誰呢？」約翰問。

「唉，這在我是容易的。我知道的還多得很。我也知道你從那里來以及你在這里做什麼。我知道得怪氣的多，幾乎一切。」

「唉，穿鑿，穿鑿先生……」

「穿鑿，穿鑿，不要客氣。」

「你可也知道……？」但約翰驟然沈默了。「他是一個人，」他想。

「你想你的匙兒罷？一定是！」

「我却自己想着，人類是不能知道那個的。」

「胡塗孩子！將知已經洩漏了很多了。」

「那麼你也和將知認識的？」

「阿，是的！他是我的最好的朋友之一——這樣的我還很多。但這却不用將知我早知道了。我所知道的比將知還要廣。一個好小子，然而胡塗，出格地胡塗。我不然！全不然。」穿鑿並且用了瘦小的手，自慰地敲他的大頭。

「你知道麼，約翰，」他說下去，「什麼是將知的大缺點？但你千萬永不可告訴他，否則他要大大地惱怒的。」

「那麼，是什麼呢？」約翰問。

「他完全不存在。這是一個大缺點，他却不肯贊成。而且他還說過我，我是不存在的。然而那是他說誑。我是否在這里！還有一千回！」

穿鑿將胡蝶塞在衣袋裏，並且突然在約翰前面倒立起來。于是他可厭地裝着怪相笑，還吐出一條長長的舌頭。約翰是，時當傍晚，和這樣的一個奇特東西在沙岡上，心情本已愁慘了的，現在却因恐怖而發抖了。

「觀察世界，這是一個很適宜的方法，」穿鑿說，還總是倒立着。「如果你願意，我也肯教給你。看一切都更淸楚，更自然。」

他還將那細腿在空中開闔着，並且用手向四面旋轉。當紅色的夕光落在顚倒的臉上時，約翰覺得這很可厭——小眼睛在光中瞟着，還露出尋常看不見的眼白來。

「你看，這樣是雲彩如地面，而這地有如世界的屋頂。相反也一樣地很可以站得住的。既沒有上，也沒有下。雲那里許是一片更美的游步場。」

約翰仰視那連綿的雲。他想，這頗像有着湧血的紅畦的生翼的田野。在海上，燦爛着雲的洞府的高門。

「人能够到那里去，並且進去麼？」他問。

「無意識！」穿鑿說，而使約翰很安心的，是忽然又用兩脚來站立了。「無意識！倘你在那里，那完全同這里一模一樣——那就許是彷彿那華美再遠一點兒。在那美麗的雲裏，是冥濛的，灰色而且寒冷的。」

「我不信你，」約翰說，「我這纔看淸楚，你是一個人。」

「去罷！你不信我，可愛的孩子，因爲我是一個人麼？而你—你或者是別的什麼麼？」

「唉，穿鑿，我也是一個人麼？」

「你怎麼想，一個妖精麼？妖精們是不被愛的。」穿鑿便交叉着腿坐在約翰的面前，而且含着怪笑目不轉睛地對他看。約翰在這眼光之下，覺得不可名言地失措和不安，想要潛藏或隱去。然而他不復能够轉眼了。「只有人類被愛，約翰，你聽着！而且這是完全正當的，否則他們也許早已不存在了。你雖然還太年靑，却一直被愛到耳朶之上。你正想着誰呢？」

「想榮兒，」約翰小聲說，幾乎聽不見地。

「你對誰最仰慕呢？」

「對榮兒。」

「你以爲沒有誰便不能生活呢？」

約翰的嘴唇輕輕地說，「棠兒。」

「唉，哪，小子，」穿鑿忍着笑，「你怎麼自己想像，是一個妖精呢？妖們是並不癡愛人類的孩子的。」

「然而她是旋兒…」約翰在慌張中含胡地說。

于是穿鑿便嫌忌地做作地注視，並且用他骨立的手揑住了約翰的耳朵。「這是怎樣的無意識呢？你要用那蠢物來嚇我麼？他比將知還胡塗得遠—胡塗得遠。他一點不懂。那最壞的是，他其實就沒有存在着，而且也沒有存在過。只有我存在着，你懂麼？—如果你不信我，我就要使你覺得，我就在這里。」

他還用力搖撼那可憐的約翰的耳朵。約翰叫道：「我却認識他很長久，還和他巡游得很遠的！」

「你做了夢，我說。你的薔薇叢和你的匙兒在那里呢，說？—但你現在不要做夢了，你明白麼？」

「噢！」約翰叫喊，因爲穿鑿在掐他。

天已經昏黑了，蝙蝠在他們的頭邊紛飛，還叫得刺耳。天空是黑而且重，——沒有一片葉在樹林裏作聲。

「我可以回家去麼？」約翰懇求着。「向我的父親？」

「你的父親？你要在那里做什麼？」穿鑿問。「在你這樣久遠地出外之後，人將親愛地對你叫歡迎。」

「我念家，」約翰說，他一面想着那明亮地照耀着的住室，他在那里常常挨近他父親坐，並且傾聽着他的筆鋒聲的。那里是平和而且舒暢。

「是呵，因爲愛那並不存在的蠢才，你就無須走開和出外了。現在已經太遲。而這也不算什麼，我早就要照管你了。我來做呢，或是你的父親來做呢，本來總歸是一件事。這樣的一個父親却不過是想像。你大概是爲自己選定了他的罷？你以爲再沒有一個別的，會一樣好，一樣明白的麼？我就一樣好，而且明白得多，明白得多。」

約翰沒有勇氣回答了；他合了眼，疲乏地點頭。

「而且對于這桀兒，你也不必尋覓了，」穿鑿接下去 。他將手放在約翰的肩頭，緊接着他的耳朵說：「那孩子也如別個一樣，領你去上癡子索。當人們笑罵你的時候，你沒有見她怎樣地坐在屋角裏，而且一句話也不說麼？她並不比別人好。她看得你好，同你游嬉，就正如她和一個金蟲玩要。你的走開與否，她不在意，她也毫不知道那書兒。然而我却是—我知道那書在那里，還要稱你去尋覓。我幾乎知道一切。」

約翰相信他起來了。

「你同我去麼？你願意同我尋覓麼？」

「我很困倦，」約翰說，「給我在無論什麼地方睡覺罷。」

「我向來不喜歡這睡覺，」穿鑿說，「這一層我是太活潑了。一個人應該永遠醒着，並且思想着。但我要給你安靜一會兒。——明晨見！」

于是他做出友愛的姿態，這是他剛纔懂得做法的。約翰凝視着閃爍的小眼睛，直至他此外一無所見。他的頭沈重了，他倚在生苔的岡坡上。似乎那小眼睛越閃越遠，後來就像星星在黑暗的天空。他彷彿聽到遠處的聲音發響，地面也從他底下遠遠地離開：于是他的思想停止了。

十

當他有些微知覺，覺得在他的睡眠中起了一點特別事情的時候，他還沒有完全醒過來。但他不希望知道，也不願意四顧。他要再回到宛如懶散的煙霧，正在徐徐消失着的那夢中，——其中是榮兒又來訪他了，而且一如從前，撫摩他的頭髮，——其中他又曾在有池的園子裏，看見了他的父親和普烈斯多。

「噢！這好痛！是誰幹的？」約翰睜開眼，在黎明中，他就在左近看見一個小小的形體，還覺出一隻正在拉他頭髮的手來。他躺在牀上，晨光是微薄而平勻，如在一間屋子裏。

然而那俯向着他的臉，却將他昨日的一切困苦和一切憂鬱都叫醒了。這是穿鑿的臉，鬼樣較少，人樣較多，但還如昨晚一樣的可憎和可怕。

「唉，不！讓我做夢，」他懇求道。

然而穿鑿搖撼他：「你瘋了麽，懶貨？夢是癡獃，你在那里走不通的。人須工作，思想，尋覓，——因此，他纔是一個人！」

「我情願不是人。我要做夢！」

「那你就無法可救。你應該。現在你在我的守護之下了，你須和我一同工作並且思想。只有和我，你能够覓得你所希望的東西。而且直到覓得了那個爲止，我也不願意離開你。」——

約翰從這外觀上，感到了無限的憂懼。然而他却彷彿被一種不能抵禦的威力，壓制和强迫了。他不知不覺地降伏了。

闊阜，樹木和花卉是過去了。他在一間狹窄的微明的小屋裏—他望見外面，凡目力所及，是房屋又房屋，作成長長的一式的排列，黯淡而且模胡。

煙氣到處升作沈重的環，並且淡櫻色霧似的，降到街道上。街上是人們忙亂地往來，正如大的黑色的螞蟻。騷亂的轟鬧，混沌而不絕地從那人堆裏升騰起來。

「看呀，約翰！」穿鑿說，「這豈不有點好看麼？這就是一切人們和一切房子們，一如你所望見的那樣遠—比那藍的塔還遠些—也滿是人們，從底下塞到上面。這不值得注意麼？比起螞蟻堆來，這是完全兩樣的。」

約翰懷着恐怖的好奇心傾聽，似乎人示給了他一條偉大的可怕的大怪物。他彷彿就站在這大怪物的背上，又彷彿看見黑血在厚的血管中流過，以及昏暗的呼吸從百數鼻孔裏升騰。當那駭人的聲音將要兆凶的怒吼之前，就使他恐怖。

「看哪，人們都怎樣地跑着呵，約翰，」穿鑿往下說。「你可以看出，他們有所奔忙，並且有所尋覓，對不對？那却好玩，他自己正在尋覓什麽，却誰都不大知道。倘若他們尋覓了一會兒，他們便遇見一個誰，那名叫永終的……」

「那是什麽人呢？」約翰問。

「我的好相識之一，我早要給他紹介你了。那永終便說：『你在尋覓我麽？』大多數大概回答道：『阿，不，我沒有想到你！』但永終却又反駁道：『除了我，你却不能覓得別的。』于是他們就只得和永終滿足了。」

約翰懂得，他是說着死。

「而且這永是，永是這麽下去麽？」

「一定，永是。然而每日又來一堆新的人，卽刻又尋覓起來，不知道為什麽，而尋覓又尋覓，直到他們終于覓得永終，——這已經這樣地經過了好一會兒了，也還要這樣地經過好一會兒的。」

「我也覔不到别的東西麼，穿鑿，除了……」

「是呵，永終是你一定會覔得一回的，然而這不算什麼；只是尋覔罷！不斷地尋覔！」

「但是那書兒，穿鑿，你會要使我覔得的那書兒。」

「唔，誰知道呢！我沒有說謊。我們應該尋覔，尋覔。我們尋覔什麼，我們還知道得很少。這是將知教給我們的。也有這樣的人，他們一生中尋覔着，只爲要知道他們正在尋覔着什麼。這是哲學家，約翰。然而倘若永終一到，那也就和他們的尋覔都去了。」

「這可怕，穿鑿！」

「阿，不然，全不然。永終是一個實在忠厚的人。他被看錯了。」

有人在門前的梯子上蹟着脚。槖槖！槖槖！在木梯上面響。于是有人叩門了，彷彿是鐵敲着木似的。

一個長的，瘦的男人進來了。他有深陷的眼睛和長而瘦的手。一陣冷風透過了那小屋。

「哦，這樣！」穿鑿說，「你來了，坐下罷！我們正談到你。你好麼？」

「工作！許多工作！」那長人說，一面拭着自己的骨出的灰白的額上的冷汗。

不動而膽怯地約翰看着那僵視着他的深陷的眼睛。眼睛是嚴正而且黑暗，然而並不殘忍，也無敵意。幾瞬息之後，他又呼吸得較為自由，他的心也跳得不大劇烈了。

「這是約翰，」穿鑿說；「他曾經聽說有那麼一本書兒，裏面記着，為什麼一切是這樣，像這似的，而且我們還要一同去尋覓，是麼？」穿鑿一面別有許多用意地微笑着。

「唉，這樣，——唔，這是正當的！」死親愛地說，且向約翰點頭。

「他怕覓不到那個呢——但我告訴他，他首先須要實在勤懇地尋覓。」

「誠然，」死說，「勤懇地尋覓是那正當的。」

「他以爲你許是很殘忍；但你看罷，約翰，你錯了，對不對？」

「唉，是呵！」死親愛地說，「人說我許多壞處。我沒有勝人的外觀，——但我以爲這也還好。」

他疲乏地微笑，如一個忙碌于一件正在議論的嚴重事情的人。于是他的黑暗的眼光從約翰彎到遠方，並且在大都市上沈思地恍忽着。

約翰長久不敢說話，終于他低聲說：

「你現在要帶着我麼？」

「你想什麼，我的孩子？」死說，從他的夢幻中仰視着。「不，現在還不。你應該長大，且成一個好人。」

「我不願意是一個人，如同其他那樣的。」

「去罷，去罷！」死說；「這無從辦起。」

人可以聽出他來，這是他的一種常用的語氣。他接續着：

「人怎地能成一個好人，我的朋友穿鑿可以教你的。這也有各樣的方法；但穿鑿教得最出色。成一個好人，實在是很好看，很值得期望的事。你不可以低廉地估計牠，年青小子！」

「尋覓，思想，觀察，」穿鑿說。

「誠然，誠然，」死說；——于是對着穿鑿道：「你想領他到誰那里去呢？」

「到號碼博士那里，我的老學生。」

「唉，是呀，那是一個好學生，人的模範。在他這一類裏，幾乎完備了。」

「我會再見檠兒麼？」約翰抖着問。

「那孩子想誰呀？」死問。

「唉，他曾經被愛了，至今還在幻想，成一個妖精，嘻嘻嘻。」穿鑿陰險地微笑着。

「不然，我的孩子，這不相干，」死說，「這樣的事情，你在號碼博士那里便沒有了。誰要尋覔你所尋覔的，他應該將所有別的都忘掉。一切或全無。(註)」

「我要以一鑄將他造成一個人，我要指示他什麼是戀愛，他就早要想穿了。」穿鑿又復高興地笑起來，——死又將他的黑眼睛放在可憐的約翰上，那竭力忍住他的嗚咽的。因爲他在死面前羞愧。

死驟然起立。「我應該去了，」他說，「我談過了我的時間。這里還有許多事情做。好天，約翰，我們要再見了。你只不可在我面前有害怕。」

「我在你面前沒有害怕，——我情願你帶着我。請！帶我去罷！」

死却溫和地拒絕了他，這一類的請求，他是聽慣了的。

「不，約翰，你現在去工作，尋覔和觀察罷。不要再請求我。我只招呼一次，而且够是時候的。」

註——Alles oder Nichts，伊孛生的話，出于他所作的劇曲Bland。

他一消失，穿鑿又完全恣肆了。他跳過椅子，順着地面滑走，爬上櫃子和煙突去，還在開着的窗間，要出許多可以折斷頸子的技藝。

「這就是那永終呵，我的好朋友永終，」他大聲說，——「你看不出他好來麼？他確也見得有點兒可憎，而且很陰慘。但倘在他的工作上有了他的歡喜，他也能很高興的。然而這工作常常使他無聊。這事也單調一點。」

「他該到那里去，是誰告訴他的呢，穿鑿？」

穿鑿猜疑地，偵察地用一目斜睨着約翰。

「你爲什麼問這個？他走他自己的路。他一得來，他就帶着。」

後來，約翰別有見地了。但現在他却沒有知道得更分明，且相信穿鑿所說的總該是眞實的。

他們在街道上走，輾轉着穿過蠕動的人堆。黑色的人們交錯奔波着，笑着，喋喋着，顯得這樣地高興而且無愁，使約翰不免詫異。他看見穿鑿向許多人們點頭，却沒有一個人回禮，大家都看着自己的前面，彷彿他們一無所見似的。

「現在他們走着，笑着，似乎他們之中沒有一個認識我。但這不過是景象。倘或我單獨和他們在一處，他們就不再能够否認我，而且他們也就失却了興趣了。」

在路上，約翰覺得有人跟在他後面走。他一回顧，他看出是那用了不可聞的大踏步，在人們中間往來的，長的蒼白的人。他向約翰點頭。

「人們也看見他麼？」約翰問穿鑿。

「一定，他們個個，然而他們連他也不願意認識。唔，我喜歡讓他們高傲。」

那混亂和喧鬧使約翰昏瞶了，這卽刻又使他忘却了他的憂愁。狹窄的街道和將天的蔚藍分成長條的高的房屋，沿屋走着的人們，脚步的槖槖和車子的隆隆，擾亂了那夜的舊的幻覺和夢境，正如暴風之于水鏡上的影象一般。這在他，彷彿是人們之外更無別物存在，——彷彿他應該在無休無歇的絕息的擾亂裏，一同做，一同跑。

于是他們到了沈靜的都市的一部分，那地方站着一所大房屋，有着大而素樸的窗門。這顯得無情而且嚴厲。裏面是靜靜的，約翰還覺到一種不熟悉的刺鼻的氣味夾着鈍濁的地窖氣作爲底子的混合。一間小屋，裏面是奇異的家具，還坐着一個孤寂的人。他被許多書籍，玻璃杯和銅的器具圍繞着，那些也都是約翰所不熟悉的。一道寂寞的日光從他頭上照入屋中，並且在盛着美色液體的玻璃杯間閃爍。那人努力地在一個黃銅管裏注視，也並不擡頭。

當約翰走得較近時，他聽到他怎樣地喃喃着：

「將知！將知！」

那人旁邊，在一個長的黑架子上，躺着一點他所不很能够辨別的白東西。

「好早晨，博士先生，」穿鑿說，然而那博士還是不擡頭。

于是約翰喫驚了，因爲他在竭力探視的那白東西，突然起了痙攣的顫抖的運動。他所見的是一隻兎身上的白茸皮。有那動着的鼻子的小頭，向下縛在鐵架上，四條腿是在身上緊緊地綁起來。那想要擺脫的絕望的試驗，只經過了一瞬息，這小動物便又靜靜地躺着了，只是那流血的頸子的急速的顫動，還在顯示牠沒有死。

約翰還看見那圓圓的仁厚的眼睛，圓睜在牠的無力的恐怖中，並且他彷彿有些熟識。唉，當那最初的有幸的妖夜裏，在這柔軟的，而現在是帶着急速的恐怖的喘息而顫動着的小身體上，他曾經枕過自己的頭。他的過去生活的一切記念，用了威力逼起他來了。他並不想，他却直闖到那小動物面前去：

「等一等！等一等！可憐的小兎，我要幫助你。」他並且急急地想解開那緊縛着嫩脚的繩子來。

但他的手同時也被緊緊地揑住了，耳旁還響着尖利的笑聲。

「這是什麼意思，約翰？你還是這樣孩子氣麼？那博士對你得怎樣想呢？」

「那孩子要怎樣？他在這里幹什麼？」那博士驚訝地問。

「他要成一個人，因此我帶他到您這里來的。然而他還太小，也太孩子氣。要尋覓你所尋覓的，這樣可不是那條路呵，約翰！」

「是的，那樣的路不是那正當的，」博士說。

「博士先生，放掉那小兎能！」——穿鑿掐住了他的兩手，至使他發起抖來。

「我們怎樣約定的，小孩子？」他向他附耳說。「我們須尋覓，是不是？我們在這里並非在沙岡上旋兒身邊和無理性的畜類裏面。我們要是人類——人類！你懂得麼？倘或你願意止于一個小孩子，倘或你不够强，來帮助我，我就使你走，那就獨自去尋覓！」

約翰默然，並且相信了，他願意强。他閉了眼睛，想看不見那小兎。

「可愛的孩子！」博士說，「你在開初似乎還有一點仁厚。那是的確，第一回是看去很有些不舒服的。我本身就永不願意看，我只要能避開就避開。然而這是不能免的，你還應該懂得：我們正是人類而非動物，而且人類的和科學的尊榮，是遠出于幾匹小兎的尊榮之上的。」

「你聽到麼?」穿鑿說，「科學和人類!」

「科學的人，」博士接着說，「高于一切此外的人們。然而他也就應該將平常人的小感觸，爲了那大事業，科學，作爲犧牲。你願意做一個這樣的人麼?你覺得這是你的本分麼，我的小孩子?」

約翰遲疑着，他不大懂得「本分」這一個字，正如那金蟲一樣。

「我要覓得那書兒，」他說，「那將知說過的。」——

博士驚訝了，並且問：「將知?」

但穿鑿却迅速地說道：「他要這個，博士，我很明白的。他要尋覓那最高的智慧，他要給萬有立一個根基。」

約翰點頭。——「是的!」他對于這話所懂得的那些，即是他的目的。

「唉，那你就應該强，約翰，不要小氣以及輭心。那麼我就要幫助你了。然而你打算打算罷：一切或全無。」——

于是約翰用着發抖的手，又將那解開的繩帶同綑在小兔的四爪上。

十一

「我們要試一試，」穿鑿說，「我可能旋兒似的示給你許多美。」

他們向博士告了別，且約定當即回來之後，他便領着約翰到大城的一切角落巡行，他指示牠，這大怪物怎樣地生活，呼吸和滋養，牠怎樣地吸收自己並且從自己重行生長起來。

但他偏愛這人們緊擠着，一切灰色而乾枯，空氣沈重而潮溼的，陰鬱的困苦區域。

他領他走進大建築中之一，煙氣從那裏面升騰，這是約翰第一天就見過的。那地方主宰着一個震聾耳朵的喧鬧，——到處嗚吼着，格磔着，撞擊着，隆隆着，——大的輪子嗡嗡有聲，長帶蜿蜒着拖過去，黑的是牆和地面，窗玻璃破碎或則塵昏。雄偉的烟突高高地伸起，超過黑的建築物，還噴出濃厚的旋轉的煙柱來。在這輪子和機器的雜沓中，約翰看見無數人們帶着蒼白的臉，黑的手和衣服，默默地不住地工作着。

「這是什麽？」他問。

「輪子，也是輪子，」穿鑿笑着，「如果你願意，也可以說是人。他們經營着什麽，他們便終年的經營，一天又一天。在這種樣子上，人也能是一個人。」

他們走到汚穢的巷中，天的蔚藍的條，見得狹如一指，還被懸掛出來的衣服遮暗了。人們在那里蠢動着，他們互相挨擠，叫喊，喧笑，有時也還唱歌。房屋裏是小屋子，這樣小，這樣黑暗而且昏沈，至使約翰不大敢呼吸。他看見在赤地上爬着的相打的孩子，蓬着頭髮給消瘦的乳兒哼着小曲的年青姑娘。他聽到爭鬧和訶斥，凡在他周圍的一切面目，也顯得疲乏，魯鈍，或漠不相關。

無名的苦痛侵入約翰了。這和他現以爲愧的先前的苦痛，是不一樣的。

「穿鑿，」他問，「在這里活着的人們，永是這麼苦惱和艱難麼？也比我……」

他不敢接下去了。

「固然，——而他們稱這為幸福。他們活得全不艱難，他們已經習慣，也不知道別的了。那是一匹胡塗的不識好歹的畜生。看那兩個坐在她門口的女人罷。她們滿足地眺望着汚穢的巷，正如你先前眺望你的沙岡。為這人們你無須顰蹙。否則你也須為那永不看見日光的土撥鼠顰蹙了。」

約翰不知道回答，也不知道為什麼他却還要哭。

而且在喧擾的操作和旋轉中間，他總看見那蒼白的空眼的人，怎樣地用了無聲的脚步走動。

「總而言之統而言之是一個好人，對不對，他從這里將人們帶走。但這里他們也一樣地怕他。」

已經是深夜，小光的百數在風中動搖，並且將長的波動的影象投到黑暗的水上的時候，這兩個順着寂靜的街道趲行。古舊的高的房屋似乎因爲疲勞，互相倚靠起來，並且睡着了。大部分已經合了眼。有幾處却還有一個窗戶透出黯淡的黃光。

穿鑿給約翰講那住在後面的的長故事，講那在那里受着的苦楚，講那在那里爭鬪着的困苦和生趣之間的爭鬪。他不給他省去最陰鬱的；還偏愛選取最下賤和最難堪的事，倘若約翰因爲他的慘酷的叙述而失色，沈默了，他便愉快得歪着嘴笑。

「穿鑿，」約翰忽然問，「你知道一點那大光麼？」

他以爲這問題可以將他從沈重而可怕地壓迫着他的幽暗裏，解放出來。

「空話！旋兒的空話！」穿鑿說，「幻想和夢境。人們和我自己之外，沒有東西。你以爲有一個上帝或相類的東西，樂于在這里似的地上，來主宰這樣的廢物們麽？而且這樣的大光，也決不在這黑暗裏放出這許多來的。」

「還有星星們呢，星星們？」約翰問，似乎他希望這分明的偉大，能够擡高他面前的卑賤來。

「那星星們麼？你可知道你說了什麼了，小孩子？那上面並不是小光，像你在這里四面看見的燈燭似的。那一切都是世界們，比起這帶着千數的城鎮的世界來，都大得多，我們就如一粒微塵，在牠們之間飄浮着，而且那是既無所謂上，也無所謂下，到處都有世界們，永是世界們，而且這是永沒，永沒有窮盡。」

「不然！不然！」約翰恐懼地叫喊，「不要說這個，不要說這個罷！在廣大的黑暗的田野上，我看見小光們在我上面。」

「是呀，你看去不過是小光們。你也向上面默望一輩子，只能看見黑暗的田野裏在你上面的小光們。然而你能，你應該知道，那是世界們，既無上，也無下，在那里，那球兒是帶着那些什麼都不算，並且不算什麼地消失了去的，可憐的蠕動着的人堆兒。那麼，就不要向我再說『星星們』了，彷彿那是二三十個似的，這是無意識。」

約翰沉默着。這會將卑賤提高的偉大，將卑賤壓碎了。

「來罷，」穿鑿說，「我們要看一點有趣的。」對他們傳來了可愛的響亮的音樂。在黑暗的街道之一裏，立着一所高大的房屋，從許多高窗內，明朗地透出些光輝。前面停着一大排車。馬匹的頓足，空洞地在夜靜中發響，牠們的頭還點着哦！哦！閃光在車件的銀釘上和車子的漆光上閃爍。

裏面是明亮的光。約翰半被迷眩地看着百數抖着的火燄的，奪目的顏色的，鏡子和花的光彩。鮮明的姿態溜過窗前，他們都用了微笑的儀容和友愛的態度互相親近着。直到大廳的最後面，都轉動着盛裝的人們，或是舒徐的步伐，或是迅速的旋風一般的回旋。那大聲的喧笑和歡喜的聲音，磨擦的脚步和綷縩的長衣，都夾在約翰會在遠處聽到過的柔媚的音樂的悠揚中，成為一個交錯，傳到街道上。在外面，接近窗邊，是兩個黑暗的形體，只有那面目，被他們正在貪看的光耀，照得不一律而且鮮明。

「這美呵！這堂皇呵！」約翰叫喊。他就溺于這麼多的色采，光輝和花朶的觀覺了。「出了什麼事？我們可以進去麼？」

「哦，這你却稱爲美呀？或者你也許先選一個兎洞罷？但是看罷，人們怎樣地微笑，輝煌，並且鞠躬呵。看哪，男人們怎麼這樣地體面和漂亮，女人們怎麼這樣地豔麗和打扮呵。跳舞起來又多麼鄭重，像是世界上的最重要事件似的！」

約翰回想到兎洞裏的跳舞，也看出了幾樣使他記憶起來的事。然而這却一切盛大得遠，燦爛得遠了。那些盛裝的年青女人們，倘若伸高了她們的長的潔白的臂膊，當活潑的跳舞中側着臉，他看來也美得正如妖精一般。侍役們是整肅地往來，並且用了恭敬的鞠躬，獻上那貴重的飲料。

「多麼華美！多麼華美！」約翰大聲說。

「很美觀，你不這樣想麼？」穿鑿說。「但你也須比在你鼻子跟前的看得遠一點。你現在只看見可愛的微笑的臉，是不是？唔，這微笑，大部分却是誑騙和作僞呵。那坐在廳壁下的和藹的老太太們就如圍着池子的漁人；年青的女人們是釣餌；

先生們是那魚。他們雖然這麼親愛地一同閒談，——他們却嫉妬地不樂意于各人的釣得。倘若其中的一個年青女人高興了，那是因為她穿得比別人美，或者招致的先生們比別人多，而先生們的特別的享樂是精光的頸子和臂膊。在一切微笑的眼睛和親愛的嘴唇之後，藏着的全是另外一件事。而且那恭敬的侍役們，思想得全不恭敬。倘將他們正在想着的事驟然洩露出來，那就卽刻和這美觀的盛會都完了。」

當穿鑿將一切指給他的時候，約翰便分明地看見儀容和態度中的作偽，以及從微笑的假面裏，怎樣地露出虛浮，嫉妬和無聊，或則倘將這假面暫置一旁，便忽然見了分曉。

「唉，」穿鑿說，「應該讓他們隨意。人們也應該高興高興。用別樣的方法，他們是全不懂得的。」

約翰覺得，彷彿有人站在他後面似的。他向後看。那是熟識的，長的形體。蒼白的臉被奪目的光彩所照耀，至使眼睛形成了兩個大黑點。他低聲自己喃喃着，還用手指直指向華美的廳中。

「看呵！」穿鑿說，「他又在尋出來了。」約翰向那手指所指的處所看。他看見一個年老的太太怎樣地在交談中驟然合了眼，以及美麗的年青的姑娘怎樣地打一個寒噤，因此站住並且凝視着前方。

「到什麼時候呢？」穿鑿問死。

「這是我的事，」死說。

「我還要將這一樣的社會給約翰看一回，」穿鑿說。他于是歪着嘴笑而且睞起眼睛來。「可以麼？」

「今天晚上麼？」死問。

「爲什麼不呢？」穿鑿說。「那地方既無時間，又無時候。現在是，凡有永是如此的，以及凡有將要如此的，已經永在那里了。」

「我不能同去，」死說，「我有太多的工作。然而用了那名字，叫我們倆所認識的那個罷，而且沒有我你們也可以覓得道路的。」

于是他們穿過寂寞的街，走了一段路，煤氣燈燄在夜風中閃爍，黑暗的寒冷的水拍着河堤。柔媚的音樂逐漸低微，終于在橫亙大都市上的大安靜裏絕響了。

忽然從高處發出一種全是金屬的聲音，一片清朗而嚴肅的歌曲。

這都從高的塔裏驀地落到沈睡的都市上——到小約翰的沈鬱昏暗的魂靈上。他驚異着向上看。那鐘聲挾了歡呼着升騰起來，而強有力地撕裂了死寂的，響亮的調子悠然而去了。這在沈靜的睡眠和黑暗的悲戚中間的高興的聲音，典禮的歌唱，他聽得很生疏。

「這是時鐘，」穿鑿說，「這永是這樣地高興，一年去，一年來。每一小時，他總用了同等的氣力和興致唱那同一的歌曲。在夜裏，就比白天響得更有趣，——似乎是鐘在歡呼牠的無須睡覺，牠下面是千數的憂愁和啼哭，而牠卻能夠接續着一樣地幸福地歌吟。然而倘若有誰死掉了，牠便更其有趣地發響。」

又升騰了一次歡呼的聲音。

「有一天，約翰，」——穿鑿接續着，「在一間寂靜的屋子中的窗後面，將照着一顆微弱的小光。是一顆沈思着發抖，且使牆上的影子跳舞的，沈鬱的小光。除了低微的梗塞的嗚咽之外，屋子裏更無聲音作響。其中站着一張白幔的牀，還有打皺的陰影。牀上躺着一點東西，也是白而且靜。這將是小約翰了。——阿，于是這歌便高聲地高興地響進屋裏來，而且在歌聲中，在他死後的最初時間中行禮。」——

十二下沈重的敲打，遲延着在空中吼動了。當末一擊時，約翰彷彿便如入夢，他不再走動了，在街道上飄浮了一段，憑着穿鑿的手的提攜。在火速的飛行中，房屋和街燈都從旁溜過去了。死消失了。現在是房屋較爲稀疏。牠們排成簡單的行列，其間是黑暗的滿是秘密的洞穴，有溝，有水窪，有廢址和木料，偶然照着煤氣的燈光。終于來了一個大的門帶着沈重的柱子和高的柵欄。一剎那間他們便飄浮過去，並且落在大沙堆旁的溼草上了。約翰以爲在一個園子裏了，因爲他聽得周圍有樹木瑟瑟地響。

「那麼，留神罷，約翰！還要以爲我知道得比旋兒不更多。」

于是穿鑿用了大聲喊出一個短而黑暗的，使約翰戰慄的名字來。幽暗從各方面反應這聲響，風以呼嘯的旋轉舉起牠，——直到牠在高天中絕響。

約翰看見，野草怎樣地高到他的頭，而剛纔還在他脚下的小石子，怎樣地已將他的眺望遮住了。穿鑿，在他旁邊，也同他一樣小，用兩手抓住那小石，使出全身的力量在轉牠。細而高的聲音的一種紛亂的叫喚，從荒蕪了的地面騰起。

「喂，誰在這里？這是什麼意思？野東西！」這卽刻發作了。

約翰看見黑色的形相忙亂着穿插奔跑。他認識那敏捷的黑色的馬陸蟲，發光的櫻色的蠼螋帶着牠的細巧的鋏子，鼠婦蟲有着圓背脊，以及蛇一流的蜈蚣。其中有一條長的蚯蚓，電一般快縮回牠的洞裏去了。

穿鑿斜穿過這活動的吵鬧的羣，走向蚯蚓的洞口。

「喂，你這長的裸體的壞種！——出來，帶着你的紅的尖鼻子，」——穿鑿大聲說。

「得怎樣呢？」——那蟲從深處問。

「你得出來，因爲我要進去，你犢麼，精光的嚼沙者！」

蚯蚓四顧着從洞口伸出牠的尖頭來，又向各處觸探幾回，這纔慢慢地將那長的裸露的身子稍稍拖近地面去。

穿鑿遍看那些因爲好奇而奔集的別的動物。

「你們裏面的一個得同去，並且在我們前面照着亮。不，黑馬陸，你太胖，而且你帶着你的千數條爪子會使我頭昏眼花。喂，你，蠼螋！你的外觀中我的意。同走，並且在你的鋏子上帶着光！馬陸，跑，去尋一個迷光，或者給我拿一個爛木頭的小燈來！」

他的出令的聲音揮動了動物們，牠們奉行了。

他們走下蟲路去。他們前面是蠼螋帶着發光的木頭，于是穿鑿，于是約翰。那下面是狹窄而黑暗。約翰看見沙粒微弱地照在淡薄的藍色的微光中。沙粒都顯得石一般大，半透明，由蚯蚓的身子磨成緊密的光滑的牆了。蚯蚓是好奇地跟隨着。約翰向後看，只見牠的尖頭有時前伸，有時却等待着牠的身子的拖近。

他們沈默着往下，——長而且深。在約翰過于峻峭的路，穿鑿便攙扶他。那似乎沒有窮盡；永是新的沙粒，永是那蠼螋接着向下爬，隨着道路的轉彎，轉着繞着。終于道路寬一點了，牆壁也彼此離遠了。沙粒是黑而且濕，在上面成爲一個軒洞，洞面有水點引成光亮的條痕，樹根穿入軒洞中，像僵了的蛇一樣。

于是在約翰的眼前忽然竪着一道挺直的牆，黑而高，將他們之前的全空間都遮斷了。蠼螋轉了過來。

「好！那就同到了後面了。蚯蚓已經知道。這是牠的家。」

「來，指給我們路！」穿鑿說。

蚯蚓慢慢地將那環節的身子拖到黑牆根，並且觸探着。約翰看出，牆是木頭。

到處散落成淡橼色的塵土了。那蟲便往裏鑽，將長的柔軟的身子滑過孔穴去。

「那麼，你，」穿鑿說，便將約翰推進那小的潮溼的孔裏。一刹那間，他在軟而溼的塵芥裏嚇得要氣絕了，于是他覺得他的頭已經自由，並且竭全力將自己從那小孔中弄出。周圍似乎是一片大空間。地面硬且潮，空氣濃厚而且不可忍受地鬱悶。約翰幾乎不敢呼吸，只在無名的恐怖中等待着。

他聽到穿鑿的聲音空洞地發響，如在一個地窖裏似的。

「這里，約翰，跟着我！」——

他覺得，他前面的地，怎樣地隆起成山，——由穿鑿引導着，他在濃密的幽暗中踏着這地面。他似乎走在一件衣服上，這隨着腳步而高低。他在溝窪和丘岡上磕碰着，其時他追隨着穿鑿，直到一處平地上，緊緊地抓住了一枝長的梗，像是柔軟的管子。

「我們站在這里好！燈來！」穿鑿叫喊。

于是從遠處顯出微弱的小光，和那拿着的蟲一同低昂着。光移得越近，慘淡的光亮照得空間越滿，約翰的窘迫便也越大了。

他踏過的那山，是長而且白，捏在他手裏的管子，是櫻色的，還向下引成燦爛的波線。

他辨出一個人的頎長僵直的身體，以及他所立的冰冷的地方，是前額。

他面前就現出兩個深的黑洞，是陷下的眼睛，那淡藍的光還照出瘦削的鼻子和那灰色的，因了怖人的僵硬的死笑而張開的唇吻。

從穿鑿的嘴裏發一聲尖利的笑，這又即刻在潮溼的木壁間斷氣了。

「這是一個驚奇，約翰！」

那長的蟲從屍衣的摺疊間爬出；牠四顧着，將自己拖到下頦上，經過僵直的嘴唇，滑進那烏黑的嘴洞裏去了。

「這就是跳舞會中的最美的，」——你以為比妖精還美的。那時候，她的衣服和蜷髮噴溢着甜香，那時候，眼睛是流盼而口唇是微笑，——現在固然是變了一點了。」

在他所有的震慴中，約翰的眼裏却藏着不信。這樣快麼？——方纔是那麼華美，而現在却已經？……

「你不信我麼？」穿鑿歪了嘴笑着說。「那時和現在之間，已經是半世紀了。那里是既無時候，也無時間。凡已經過去的，將要是永久，凡將要來的，已經是過去了。這你不能想，然而應該信。這里一切都是眞實，凡我所指示你的一切，是眞的，眞的！這是旋兒所不能主張的！」

穿鑿嘻笑着跳到死屍的臉上往來，還開了一個極可惡的玩笑。他坐在眉毛上，牽着那長的睫毛拉開眼瞼來。那眼睛，那約翰曾見牠高興地閃耀的，是疲乏地凝固了，而且在昏黃的小光中，皺蹙地白。

「那麼，再下去！」穿鑿大呼，「還有別的可看哩！」

蚯蚓慢慢地從右嘴角間爬出，而這可怕的游行便接下去了。

不是回轉，——却是向一條新的，也這麼長而且幽暗的道路。

「一個老的來了，」當又有一道黑牆阻住去路的時候，蚯蚓說。「他在這里已經很久了！」

這比起前一回來，稍不討厭。除了一個不成形的堆，從中露着白骨之外，約翰什麼也看不見。成百的蟲豸們和昆蟲們正在默默地忙着做工。那光惹起了驚動。

「你們從那里來？誰拿光到這里來？我們用不着這個！」牠們並且趕快向溝裏洞裏鑽進去了。但牠們認出了一個同種。

「你曾在這里過麼？」蟲們問。「木頭還硬哩。」

首先的蟲否認了。

他們再往遠走，穿鑿當作解釋者，將他所知道的指給小約翰。來了一個不成樣子的臉帶着獰視的圓眼，膨脹的黑的嘴唇和面龐。

「這曾是一位優雅的先生，」他于是高興地說，「你也許曾經見過他，這樣地富，這樣地闊，而且這樣地高傲。他保住了他的尊大了。」

這樣地進行。也有瘦損的，消蝕了的形體，在映着微光而淡藍地發亮的白髮之間，也有小孩子帶着大頭顱，也有中年的沈思的面目。

「看哪，這是在他們死後纔變老的，」穿鑿說。

他們走近了一個絡腮鬍子的男人，高弔着嘴唇，白色的牙齒在發亮。當前額中間，有一個圓的，烏黑的小洞。

「這人被永終用手藝草草完事了。爲什麼不忍耐一點呢？無論如何他大概總得到這里來的。」

而且又是道路，而且是新的道路，而且又是伸開的身體帶着僵硬的醜怪的臉，和不動的，交叉着疊起來的手。

「我不往下走了，」蠼螋說，「這里我不大熟悉了。」

「我們回轉罷，」蚯蚓說。

「前去，只要前去！」穿鑿大叫起來。

這一行又前進。

「一切，凡你所見的，存在着，」穿鑿進行着說，「這一切都是眞的。只有一件東西不眞。那便是你自己，約翰。你沒有在這里，而且你也不能在這里。」

他看見約翰因了他的話，露出恐怖的僵直的眼光，便發了一通響亮的譏笑。

「這是一條絕路，我不前進了，」蠼螋煩躁着說。

「我却偏要前進，」穿鑿說，而且一到道路的盡頭，他便用兩手挖掘起來了。

約翰在困苦中，不由自主地服從了，挖去那潮溼的微細的泥土。

他們浴着汗水默默地繼續着工作，直到他們撞在黑色的木頭上。

「幫我，約翰！」

蚯蚓縮回了環節的頭，並且向後面消失了。蠼螋也放下牠的光，走了回去。

「你們進不去的，這木頭太新，」牠臨走時說。

「我要！」穿鑿說，並且用爪甲從那木頭上撕下長而白的木屑來。

一種可怕的窘迫侵襲了約翰。然而他必得，他不能別的。

黑暗的空隙終于開開了。穿鑿取了光，慌忙爬進去。

「這里，這里！」他叫着，一面跑往頭那邊。

但當約翰到了那靜靜地交义着疊在胸脯上面的手那里的時候，他必須休息了。他見有瘦的，蒼白的，在耳朵旁邊半明半暗的手指，正在他前面。他忽然認得了，他認識手指的切痕和皺襞，長的，現在是染成深藍了的指甲的形狀。他在示指上看出一個櫻色的小點來。這是他自己的手。

「這里，這里！」穿鑿的聲音從頭那邊叫喊過來。「看一下子罷，你可認識他麼？」

可憐的約翰還想重行起來，走向那向他閃爍着的光去。然而他不再能够了。那小光消滅成完全的幽暗，他也失神地跌倒了。

十二

他落在一個深的睡眠裏，直到那麼深，在那里沒有夢。

當他又從這幽暗中起來，——慢慢地——到了清晨的蒼茫涼爽的光中，他拂去了斑斕的，溫柔的舊夢。他醒了，有如露珠之從一朵花似的，夢從他的靈魂上滑掉了。

還在可愛的景象的錯雜中，半做着夢的他的眼睛的表情，是平靜而且和藹。

但因了當着黯淡的白晝之前的苦痛，他如一個羞明者，將眼睛合上了。凡有在過去的早晨所曾見的，他都看見。這似乎已經很久，很遠了。然而還是時時刻刻重到他的靈魂之前，從哀愁的早晨起，直到寒慄的夜裏。他不能相信，那一切恐怖，是會在一日之中出現的。他的窘迫的開初，彷彿已經是這樣遠，像失却在蒼茫的霧裏一般。

柔和的夢，無影無踪地從他的靈魂上滑去了——穿鑿搖撼他——而沈鬱的時光于是開始，懶散而且無色，是許多許多別的一切的前驅。

但是凡有在前夜的可怕的游行中所見的，却停留在他那里。這單是一個駭人的夢象麼？

當他躊躕着將這去問穿鑿的時候，那一個却嘲笑而詫異地看着他。

「你想什麼？」他問。

然而約翰却看不出他眼裏的嘲笑，還問，他看得如此淸楚而且分明，如在面前的一切，是否眞是這樣地出現了？

「不，約翰，你却怎樣地胡塗呵！這樣的事情是決不能發生的。」

約翰不知道他須想什麼了。

「我們就要給你工作了。那麼，你便不再這樣癡獃地問了。」

他們便到那要幇助約翰，來覔得他所尋覔的號碼博士那里去。

在活潑的街道上，穿鑿忽然沈靜地站住了，並且從大衆中指出一個人來給約翰看。

「你還認識他麼？」他問，當約翰大驚失色，凝視着那人的時候，他便在街上發出一聲響亮的譁笑來。

約翰在昨夜見過他，深深地在地下。——

博士親切地接待他們，並且將他的智慧頒給約翰。他聽至數小時之久，在這一天，而且在以後的許多天。

約翰所尋覓的，博士也還未曾覓得。他却幾乎了，他說。他要使約翰上達，有如他自己一般，于是他們倆就要達了目的。

約翰傾聽着，學習着，勤勉而且忍耐，——許多日之久，——許多月之久。他僅懷着些少的希望，然而他懂得，他現在應該進行，——進行到他所做得到。他覺得很奇特，他尋覓光明，越長久，而他的周圍却越昏暗。凡他所學的一切的開端，是很好的，——只是他鑽研得越深，那一切也就越悽涼，越黯澹。他用動物和植物，以及周圍的一切來鬧手，如果觀察得一長久，那便成爲號碼了。一切分散爲號碼，紙張充滿着號碼。博士以爲號碼是出色的，他並且說，號碼一到，于他是光明，——但在約翰却是昏暗。

穿鑿伴住他，倘或他厭倦和疲乏了，便戟刺他。享用或歎賞的每一瞬息，他便埋怨他。

約翰每當學到，以及看見花朶怎樣微妙地湊合，果實怎樣地結成，昆蟲怎樣不自覺地助了牠們的天職的時候，是驚奇而且高興。

「這却是出色。」他說，「這一切是算得多麼詳藎，而且造得多麼精妙和合式呵！」

「是的，格外合式，」穿鑿說，「可惜，那合式和精妙的大部分，是沒有用處的。有多少花結果，有多少種子成樹呢？」

「然而那一切彷彿是照着一個宏大的規劃而作的，」約翰回答。「看罷！蜜蜂們自尋牠們的蜜而不知道幫助了花，而花的招致蜜蜂是用了牠們的顏色。這是一個規劃，兩者都在這上面工作，不識不知地。」

「這見得眞好，但欠缺的也還多。假使那蜜蜂覺得可能，牠們便在花下咬進一個洞去，損壞了那十分複雜的安排。伶俐的工師，被一個蜜蜂當作獃子！」

在人類和動物之間的神奇的湊合，那就顯得更壞了。他從約翰以爲美的和藝術的一切之中，指出不完備和缺點。他指示他能够侵略人和動物的，苦惱和憂愁的全軍（註），他還偏喜歡選取那最可厭的和最可惡的。

「這工師，約翰，對于他所做的一切，確是狡獪的，然而他忘却了一點東西，人們做得不歇手，只爲要弭補一切損失。但看你的周圍罷！一柄雨傘，一個眼鏡，還有衣服和住所，都是人類的補工。這和那大規劃毫無關係。那工師却毫不盤算，人們會受寒，要讀書，爲了這些事，他的規劃是全不中用的。他將衣服交給他的孩

註——大概是指病原菌。

子們，並沒有盤算他們的生長。于是一切人們，便幾乎都從他們的天然衣服裏長大了。他們便自己拿一切到手裏去，全不再管那工師和他的規劃。沒有交給他們的，他們也無恥地放肆地拿來，——還有分明擺着的，是使他們死，于是他們便往往藉了各種的詭計，在許多時光中，來廻避這死。」

「然而這是人們之罪，」約翰大聲說，「他們爲什麼任性遠離那天然的呢？」

「阿，你這胡塗的約翰！倘或一個保姆使一個單純的孩子玩耍火，並且燒起來了，——誰擔負這罪呢？那不識得火的孩子，還是知道那要焚燒的保姆呢？如果人們在困苦中或不自然中走錯了，誰有罪，他們自己呢，還是他們和他相比，就如無知無識的孩子們一般的，無所不知的工師呢？」

「他們却並非不知，他們曾經知道……」

「約翰，假如你告訴一個孩子，『不要弄那火，那是會痛的！』假使那孩子仍然弄，因爲他不知道什麼叫作痛，你就能給你脫去罪名，並且說：『看呀！這孩子是並非不知道的』麼？你深知道，那是不來聽你的話的。人們就如孩子一般耳聾和昏憒。但玻璃是脆的，粘土是輭的。誰造了人類而不計算他們的昏憒，便如那等人一樣，他用玻璃造兵器而不顧及牠會破碎，用粘土做箭而不顧及牠一定要彎曲。」

這些話像是紛飛的火滴一般，落在約翰的靈魂上。他的胸中萌生了大悲痛，將他那先前的，在夜間寂靜和無眠的時候，常常因此而哭的苦痛驅除了。

唉！睡覺呵！睡覺呵！——曾有一時——多日之後，——睡覺在他是最好的時候了。其中沒有思想，也沒有悲痛，他的夢還是永永引導他重到他的先前的生活去。當他夢着的時候，他彷彿覺得很華美，但在白晝，却不再能够想像那是怎樣了。他僅知道他的神往和苦痛，較勝于他現今所知道的空虛和僵死的感覺。有一回，他曾苦痛地神往于旋兒，有一回，他曾時時等候着榮兒。那是多麼華美呵！

榮兒！——他還在神往麼？——他學得越多，他的神往便越消失。因為這也散成片段了，而且穿鑿又使他了然，什麼是愛。他于是自愧，號碼博士說，他還不能從中做出號碼來，然而快要出現了。小約翰的周圍，是這樣地黑暗而又黑暗。

他微微覺得感謝，是在他和穿鑿的可怕的游行裏，沒有看見榮兒。

當他和穿鑿提及時，那人不說，却只狡獪地微笑。然而約翰懂得，這是並不憐恤他。

約翰一有並不學習和工作的時間，穿鑿便利用着領他到人間去。他知道帶他到各處，到病院中，病人們躺在大廳裏，——蒼白消瘦的臉帶着衰弱或苦痛的表情的一長列——那地方是憂鬱的沈靜，僅被喘息和叫喚打斷了。穿鑿還指示他，其中的幾個將永不能出這大廳去。倘在一定的時間，人們的奔流進向這廳，來訪問他患病的親戚的時候，穿鑿便說：「看哪，大家都知道，便是他們也將進這屋子和昏暗的大廳裏面來，爲的是畢竟在一個黑箱子裏擡出去。」

——「他們怎麼能這樣高興呢？」約翰想。

穿鑿領他到樓上的一間小廳中，其中滿布着傷情的半暗，從鄰室裏，有風琴的遙響，不住地夢幻地傳來。于是穿鑿從衆中指一個病人給他看，是頑鈍地向前凝視着沿了牆懶懶地爬來的一線日光的。

「他在這里躺了七年了，」穿鑿說。——「他是一個海員，他曾見印度的椰樹，日本的藍海，巴西的森林。現在他在七個長年的那些長日子，消受着一線日光和風琴游戲。他不再能走出這里了，然而還可以經過這樣的一倍之久。」

從這一日起，約翰是極可怕的夢。他忽然醒來了，在小廳中，在如夢的聲響中的傷情的半暗裏，——至于直到他的結末，只看見將起將滅的黃昏。

穿鑿也領他到大教堂，使他聽在那里說什麼。他引他到宴會，到盛大的典禮，到幾家的閨房。

約翰學着和人們認識，而且他屢次覺得，他應該想想他先前的生活，旋兒講給他的童話和他自己的經歷。有一些人，是使他記起那想在星星中看見牠亡故的伙伴的火螢的，——或者那金蟲，那比別個老一天，而且談論了許多生活本分的，——

他聽到故事，則使他記起塗鴉潑剌，那十字蜘蛛中的英雄，或者記起鰻魚，那只是躺着喫，因爲一個肥胖的年青的王，就顯得特別體面的。對于自己，他却比爲不懂得什麼叫作生活本分，而飛向光中去的那幼小的金蟲。他似乎無助地殘廢地在地毯上各處爬，用一條線繫着身子，一條鋒利的線，而穿鑿則牽着，掣着牠。

唉，他將永不能再覓得那園子了，——沈重的脚何時到來，並且將他踏碎呢？

他說起旋兒，穿鑿便嘲弄他。而且他漸漸相信起來了，旋兒是從來沒有的。

「然而，穿鑿，那麼，毘兒也就不成立了，那就全沒有什麼成立了。」

「全無！全無！只有人們和號碼，這是都眞的，存在的，無窮之多的號碼。」

「然而，穿鑿，那麼，你就騙了我了。使我停止，使我不再尋覓罷，——使我獨自一個罷！」

「死怎麼對你說，你不知道了麼？你須成一個人，一個完全的人。」

「我不願意。這太可怕！」

「你必須——你曾經願意了的。看看號碼博士罷，他以爲這太可怕麼？你要同他一樣。」

這是眞實。號碼博士彷彿長是平靜而且幸福。不倦地不搖地他走他的路，學着而且敎着，知足而且和平。

「看他罷，」穿鑿說，「他看見一切，而仍然一無所見。他觀察人類，似乎他自己是別的東西，和他們全不一樣。他闖過疾病和困苦之間，似乎不會受傷，而且他還與死往還，如不死者。他只希望懂得他之所見，而凡有于他顯然的，在他是一樣地正當。只要一懂得，他便立即滿足了。你也須這樣。」

「我却永不能。」

——「好，那我就不能帮助你了。」

這永是他們的交談的無希望的結束。約翰是疲乏而且隨便了，尋覓又尋覓，是什麼和爲什麼，他不復知道了。他已如旋兒所說的許多人們一般。

冬天來了，他幾乎不知道。

當一個天寒霧重的早晨，潮溼的汚穢的雪躺在街道上，並且從樹木和屋頂上點滴着的時候，他和穿鑿走着他平日的路。

在一處，他遇見一列年靑的姑娘，手上拿着教科書。她們用雪互擲着，笑着，而且彼此捉弄着。她們的聲音在雪地上淸徹地發響。聽不到脚步和車輪的聲響，只有馬的，或者一所店門的關閉，像似一個鈴鐺的聲音。高興的笑聲，淸徹地穿過這寂靜。

約翰看見，一個姑娘怎樣地看他而且向他凝望着。她穿一件小皮衣，戴着黑色的帽子。他熟識她的外貌，却仍不知道她是誰。她點頭，而且又點一回頭。

「這是誰呢？我認識她。」

「是的，這是可能的。她叫馬理，有幾個人稱她榮兒。」

「不，這不能是。她不像旋兒。她是一個平常的姑娘。」

「哈！哈！哈！她不能像一個並不存在的或人的。然而她是，她是的。你曾經這樣地很仰慕她，我現在要將你弄到她那里去了。」

「不，我不願意見她。我寧可見她死，像別人一樣。」

約翰不再向各處觀看了，却是忙忙地前奔，並且喃喃着：

「這是結局。全不成立！全無！」

十三

最初的春晨的清朗溫暖的日光，瀰漫了大都市。明淨的光進到約翰住着的小屋子中；低的頂篷上有一條大的光條，是波動着的運河的水的映象，顫抖而且閃動。

約翰坐在日照下的窗前，向大都市眺望，現在是全然另一景象了。灰色的霧，換成燦爛的藍色的陽光，籠罩了長街的盡頭和遠處的塔。石片屋頂的光線閃作銀白顏色；一切房屋以淸朗的線和明亮的面穿過日光中，——這是淺藍天中的一個溫暖的渲染。水也彷彿有了生氣了。榆樹的褐色的嫩芽肥而有光，喧嚷的麻雀們在樹枝間鼓翼。

當他在眺望時，——約翰的心情就很奇特。日光將他置身于甜的昏迷中了。其中是忘却和難傳的歡樂。他在夢裏凝視着波浪的光閃，飽滿的榆芽，還傾聽着麻雀的啾唧。在這音響裏是大歡娛。

他久沒有這樣地柔和了；他久沒有覺得這樣地幸福了。

這是他重行認識的往日的日照。這是往日叫他去到自由的太陽，到園子裏，他于是在暖地上的一道舊牆蔭中，——許多工夫，可以享用那溫暖和光輝，一面凝視着面前的負喧的草梗。

在沈靜中，于他是好極了，沈靜給他以明確的家鄉之感，——有如他所記得，多年以前在他母親的腕中。他並不飲泣或神馳，而必須思想一切的過去。他沈靜地坐着，夢着，除了太陽的照臨之外，他什麼也不希望了。

「你怎麼這樣沈思地坐着呢，約翰？」穿鑿叫喊，「你知道，我是不容許做夢的。」

約翰懇求地擡起了出神的眼睛。

「再給我這樣地停一會罷，」他祈求說，「太陽是這樣好。」

「你在太陽裏會尋出什麼來呢，喂？」穿鑿說。「牠並非什麼，不過是一枝大蠟燭，你坐在燭光下或是在日光下，完全一樣的。看罷！街上的那陰影和亮處，——也卽等于一個安靜地燃燒着而不閃動的燈火的照映。而那光，也不過是照着世界上的極渺小的一點的一個極渺小的小火燄罷了。那邊！那邊！在那蔚藍旁邊，在我們上面和底下，是暗，冷而且暗！那邊是夜，現在以及永久！」

但他的話于約翰沒有效。沈靜的溫暖的日光貫澈了他，幷且充滿了他的全靈魂了，——在他是平和而且明晰。

穿鑿帶着他到號碼博士的冰冷的住所去。日像還在他的精神上飄泛了一些時，于是逐漸黯澹了，當正午時分，在他是十足的幽暗。

但到晚間，他又在都市的街道上蹀行的時候，空氣悶熱，且被潮溼的春氣充塞了。一切的發香都强烈了十倍，而在這狹窄的街中，使他窘迫。惟在空曠處，他覷出草和樹林的新芽。在都市上，他看見春，在西方天際嫩紅中的平靜的小雲裏。

黃昏在都市上展開了嫩色的柔軟的銀灰的面紗。街上是寂靜了，只在遠處有一個手拉風琴弄出悲哀的節奏，——房屋向着紅色的暮天，都揚起一律的黑影，還如無數的臂膊一般，在高處伸出牠們的尖端和煙突來。

這在約翰，有如太陽末後照在大都市上時的和藹的微笑，——和藹地如同寬恕了一件傻事的微笑似的。那微微的溫暖，還來撫摩約翰的雙頰。

于是悲哀潛入了約翰的心，有這樣沈重，至使他不能再走，且必須將他的臉伸向遠天中深深地呼吸了。春天在叫他，他也聽到。他要回答，他要去。這一切在他是後悔，愛，寬恕。

他極其神往地向上凝視。從他模胡的眼裏湧出淚來。

「去罷！約翰！你不要發獃罷，人們看着你哩，」穿鑿說。

蒙朧而昏暗地向兩旁展開着長的單調的房屋的排列。是溫和的空氣中的一個苦惱，是春聲裏面的一聲哀呼。

人們坐在門內和階沿上，以消受這春天。這于約翰像是一種嘲侮。汚穢的門暢開着，渾濁的空間等候着那些人。在遠處還響着手拉風琴的悲哀的音調。「阿，我能够飛開這里，遠去，岡上，海上！」

然而他仍須伴着高的小屋子，而且他醒着鮐了這一夜。

他總要想念他父親，以及和他同行的遠道的散步——如果他走在他的十步之後，那父親就給他在沙土上寫字母。他總要想念那地丁花生在灌木之間的處所，以及和父親同去搜訪的那一天。他整夜看見他的父親的臉一如先前，他在夜間安靜的燈光中顧盼他，還傾聽他筆鋒寫字的聲響。

于是他每晨祈求穿鑿，還給他回鄉一回，往他的家和他的父親，再看一遍沙岡和園子。現在他覺出他先前的愛父親，過于普烈斯多和他的小屋子了，因爲他現在只爲他而祈求。

「那就只告訴我，他怎樣了，我出外這麽久，他還在惱我麽？」

穿鑿聳一聳肩。——「即使你知道了，于你有什麽益呢？」

春天却過去了，呼喚他，越呼越響。他每夜夢見岡坡上的暗綠的苔蘚，透了嫩的新葉而下的陽光。

「這是不能長久如此的，」約翰想，「我就要支持不住了。」

每當他不能入睡的時候，他往往輕輕地起來，走到窗前，向着暗夜凝視。他看見蒸騰的蒙茸的小雲，怎樣慢慢地溜過月輪旁邊，平和地飄浮在柔和的光海裏。他便想，在那遠方，岡阜是怎樣地微睡在悶熱的深夜中；在深的小樹林間，絕無新葉作響，潮溼的蘚苔和鮮嫩的樺條也將發香，那該是怎樣地神奇呵。他彷彿聽得遠處有蝦蟆的抑揚的合唱，滿是祕密地浮過田野來，還有唯一的鳥的歌曲，是足以伴那嚴肅的寂靜的，牠將歌曲唱得如此低聲地哀怨地開頭，而且陡然中斷，以致那寂靜顯得更其寂靜了。鳥在呼喚他，一切都在呼喚他。他將頭靠着窗沿，並且在他的臂膊上嗚咽起來了。

「我不能！——我受不住。倘我不能就去，我一定會就死了。」

第二天穿鑿叫他醒來的時候，他還坐在窗前，他就在那里睡着了，頭靠在臂膊上。——

日子過去了，又長又熱，——而且無變化。然而約翰沒有死，他還應該擔着他的苦痛。

有一日的早晨，號碼博士對他說：

「我要去看一個病人，約翰，你願意同我去麼？」

號碼博士有博學的名聲，而且對于病和死，有許多人來邀請他的幫助。約翰是屢次件過他的。

穿鑿在這早晨異常地高興。他總是倒立，跳舞，翻筋斗，並且玩出各種瘋狂似的說笑來。他不住地非常祕密地竊笑着，像一個準備着給人一嚇的人。

但號碼博士却只是平常一樣嚴正。

這一日他們走了遠的路。用鐵路，也用步行。約翰是還沒有一同到過外邊的。這是一個溫暖的，快樂的日子。約翰從車中向外望，那廣大的碧綠的牧場，帶着牠欲飛的草和喫食的家畜，都在他身邊奔過去了。他看見白胡蝶在種滿花卉的地上翩躚，空氣為了日熱發着抖。

但他忽而悚然了：那地方展佈着長的，起伏的連岡。

「唉，約翰，」穿鑿竊笑着，「那就要中你的意了，你看罷！」

半信半疑地約翰注視着沙岡。沙岡越來越近。彷彿是兩旁的長溝，正在繞着牠們的軸子旋轉，還有幾所人家，都在牠們旁邊撲過去了。

于是來了樹木：茂密的栗樹，盛開着，帶着千數大的或紅或白的花房，暗藍綠色的樅樹，高大而堂皇的菩提樹。

這就是眞實：他須再見他的沙岡。列車停止了，——三人于是在成陰的枝柯下面行走。

這是深綠的莓苔，這是日光在林地上的圓點，這是樺條和松針的幽香。

「這是眞實麼？——這是實際麼？」約翰想，「幸福要來了罷？」

他的眼睛發光了，他的心大聲地跳着。他快要相信他的幸福了。這些樹木，這地面，他很熟識，——他曾經屢次在這樹林道中往來。

只有他們在道路上，此外沒有人。然而約翰要回顧，彷彿有誰跟着他們似的。他又似乎從槲樹枝間，望見一個黑暗的人影，每當那路的最末的轉角，便看不分明了。

穿鑿陰險地曖昧地注視他。號碼博士大踏步走，看着目前的地面。

道路于他更熟識，更相信了，他認得每一叢草，每一塊石。約翰忽然劇烈地喫了驚，因爲他站在他自己的住所前面了。

屋前的栗樹，展開着牠那大的手一般的葉子。直到上面的最高枝梢上，在繁密的圓圓的叢葉裏，煊赫着華美的白色的繁花。

他聽到開門的熟識的響聲，——他又覷到他自己的住所的氣味。于是他認出了各進路，各門戶，每一點，——都帶着一種離鄉的苦痛的感覺。凡有一切，都是他的生活的，他的寂寞而可念的兒童生活的一部分。對于這些一切物事，他曾經和牠們談天，和牠們在自己的理想生活中過活，這里是他決不放進一個他人的。然而現在他却覺得從這全部老屋分離，推出了，連着牠們的各房間，各進路和各屋角。他覺得這分離極難挽回，他的心緒正如他在探訪一個墳莊，這樣地凄涼和哀痛。

只要有普烈斯多迎面跳來，那也許就減少一點非家的况味，然而普烈斯多却一定已經跑掉，或者死掉了。

然而父親在那里呢？

他回顧開着的門和外面的日光下的園子，他看見那人，那似乎在路上追隨着他們的，現在已經走向房屋來了。他越來越近，那走近彷彿只見加增。他一近門，門口便充滿了一個大的，寒冷的影子。于是約翰就認出了這人。

屋裏是死靜，他們沈默着走上樓梯去。有一級是一踏常要作響的，——這約翰知道。現在他也聽到，怎樣地發了三回響，——這發響像是苦痛的呻吟。但到第四回的足踏，却如隱約的阨逆了。

而且約翰在上面還聽到一種喘息，低微而一律，有如緩慢的時鐘的走動，是一種苦痛而可怕的聲音。

他的小屋子的門暢開着。約翰趕緊投以膽怯的一瞥。那地毯上的奇異的花紋是詫異而無情地凝視他，時鐘站得靜靜地。

他們走進那發出聲音來的房裏去。這是父親的臥室。太陽高興地照着放下的綠色的牀幃。西蒙，那貓，坐在窗臺上的日照裏。全房充滿着葡萄酒和樟腦的鬱悶的氣味。一種低微的抽噎，現在就從近處傳來了。

約翰聽到柔軟的聲音的細語和小心的脚步的微聲。于是綠幃便被掣起了。他看見了父親的臉，這是他近來常在目前看見的。然而完全兩樣了。親愛的嚴正的外貌已經杳然，但在可怕地僵視。蒼白了，還帶着灰色的陰影。看見眼白在半閉的眼瞼下，牙齒在半開的口中。頭是陷枕中間，每一呻吟便隨着一擡起，于是又疲乏地落在旁邊了。

約翰屹立在牀面前，大張了僵直的眼睛，瞠視着熟識的臉。他想什麼，他不知道，——他不敢用手指去一觸，他不敢去握那疲乏地放在白麻布上的，衰老的乾枯的雙手。

環繞他的一切都黑了，那太陽，那明朗的房子，那外面的叢綠，以及歷來如此蔚藍的天空，——一切，凡有在他後面的，黑了，黑，昏昧地，而且不可透徹地。

在這一夜，他也別無所見，只在前面看見蒼白的頭。他還應該接着只想這可憐的頭，這顯得如此疲乏，而一定永是從新和苦痛的聲息一同擡起的。

定規的動作在一轉瞬間變化了。呻吟停歇，眼瞼慢慢地張開，眼睛探索似的向各處凝視，嘴唇也想表出一點什麼來。

「好天，父親！」約翰低聲說，並且恐怖地發着抖，看着那探索的眼睛。那困倦的眼光于是看了他一刹時，一種疲乏的微笑，便出現在陷下的雙頰上。細瘦的皺縮的手從麻布上舉起，還向約翰作了一種不分明的動作，就又無力地落下了。

「唉，什麼！」穿鑿說，「只莫是愁歎場面！」

「給我閃開，約翰，」號碼博士說，「我們應該看一看，我們得怎麼辦。」

博士開手檢查了，約翰却離開臥牀，站在窗口。他凝視那日照的草和清朗的天空，以及寬闊的栗樹葉，葉上坐着肥藍大的蠅，在日光中瑩瑩地發閃。那呻吟又以那樣的定規發作了。

一匹黑色的白頭鳥在園裏的高草間跳躍——大的，紅黑的胡蝶在花壇上盤旋，從高樹的枝柯中，衝出了野鴿的柔媚的鉤輈，來到約翰的耳朵裏。

裏面還是那呻吟，永是如此，永是如此。他必須聽，——而且這來得一律，沒有變換，就如下墜的水滴，會使人發狂。他緊張着等候那每一間歇，而這永是又發作了，——可怕如死的臨近的脚步。

而外面是溫暖的，適意的日和。一切在負暄，在享受。囚了甘美的歡樂，草顫抖着，樹葉簌簌着，——高在樹梢上，深在蠢動的蔚藍中，飄浮着一隻平靜地鼓翼的蒼鷺。

約翰不懂這些，這一切于他都是疑團。他的靈魂是這樣地錯亂和幽暗。——

「怎麼這一切竟同時到我這里呢？」他自己問。

「我眞是他麼？這是我的父親，我本身的父親麼？——我的，我約翰的？」

在他，是似乎他在說起一個別的人。一切是他所聽到的故事。他聽得有一個人講，講約翰，講他所住的房屋，講他捨去而垂死的他的父親。他自己並非那他，他是聽到了談講。這確是一般悲慘的故事，很悲慘。但他和這是不相干的。是的！——是的！偏是！他自己就是那他，他！約翰！

——「我不懂得這事情，」號碼博士站起身來的時候，說，「這是一個疑難的症候。」

穿鑿站在約翰的近旁。

「你不要來看一看麼，約翰？這是一件有趣味的事情。博士不懂牠。」

——「放下我，」約翰說，也不回頭，「我不能想。」

但穿鑿却立在約翰的後面，對他絮語，照例尖利地傳入他的耳朵來。

「不想？——你相信，你不能想麼？那是你錯了。你應該想。你即使看着叢綠和藍色的天，那是于你無益的。旋兒總是不來的。而且在那邊的生病的人，無論如何就要死的。這你看得很明白，同我們一樣。他的苦惱是怎樣呢，你可想想麼？」

「我不知道那些，我不要知道那些。」

約翰沈默了，並且傾聽着呻吟，這響得如低微的苛責的哀訴。號碼博士在一本小書上寫了一點略記。牀頭坐着那曾經追隨他們的黑暗的形象。——低着頭，向病人伸開了長臂膊，深陷的眼睛看定了時鐘。

尖利的絮語又在他的耳邊發作了。

「你爲什麼這樣淒涼地注視呢，約翰？你確有你的意志的。那邊橫着沙岡，那邊有日光拂着叢綠，那邊有禽鳥在歌唱和胡蝶在翩躚。你還希望甚麼呢？等候旋兒麼？如果他在一個什麼地方，那他就一定在那地方的，而他爲什麼不來呢？——他可是太怕那在頭邊的幽暗朋友麼？但他是永在那里的。」

「你可看出，一切事情都是想像麼，約翰？」

「你可聽清那呻吟麼？這比剛纔已經微弱一點了，你能聽出牠不久就要停止。那麼，怎麼辨呢？當你在外面岡薔薇之間跑來跑去的時候，也曾有過這麼多的呻吟了。你爲什麼站在這里，悲傷着，而不像你先前一般，到沙岡去呢？看哪！那邊是一切爛熳着，馥郁着，而且歌唱着，像毫無變故似的。你爲什麼不參與一切興趣和一切生活的呢？」

「你方纔哀訴着，神往着，——那麼，我就帶領你去，到你要去的地方，我也不再和你游覽了，我讓你自由，通過高草，躺在涼陰中，並且任飛蠅繞着你營營，並且吸取那嫩草的香味，我讓你自由，就去罷！再尋旋兒去罷！」

「你不願意，那你就還是獨獨相信我。凡我所說給你的，是眞實不是？說謊的是旋兒，還是我呢？」

「聽那呻吟！——這麼短，這麼弱。這快要平靜了。」

「你不要這樣恐怖地四顧罷，約翰。那平靜得越早，就越好。那麼，就不再有遠道的游行，你也永不再和他去搜訪地丁花了。因爲你走開了，這二年他曾經和誰游行了呢？——是的，你現在已經不能探問他。你將永不會知道了。你就只得和我便滿足。假使你略早些認識我，你現在便不這樣苦惱地注視了。你從來不這樣，像現在似的。從你看來，你以為號碼博士像是假惺惺麼？這是會使他憂悶的，正如在日照中打呼盧的那貓一樣。而且這是正當的。這樣的絕望有什麼用呢？這是花卉們教給你的麼？如果一朵被折去了，牠們也不悲哀。這不是幸福麼？牠們無所知，所以牠們是這樣。你曾經開始，知道一點東西了，那麼，為幸福計，你也就應該知道一切。這惟我能夠教授你。一切，或簡直全無。」

「聽我。他是否你的父親，于你有什麼相干呢？他是一個垂死的人，——這是一件平常事。」

「你還聽到那呻吟麼？——很微弱，不是麼？——這就要到結局了。」

約翰在恐怖的窘迫中，向臥牀察看。西蒙，那貓，跳下窗臺，伸一伸四肢，——並且打着呼盧在牀上垂死者的身邊躺下了。

那可憐的，疲乏的頭已經不再動彈，——擠在枕頭裏靜靜地躺着，——然而從半開的口中却還定規地發出停得很短的疲乏的聲音。這也低下去了，難于聽到了。于是死將黑暗的眼睛從時鐘轉到沈埋的頭上，並且擡起手來。于是寂靜了。僵直的容貌上蒙上了一層青蒼的陰影。寂靜，渺茫的空虛的寂靜！——

約翰等待着，等待着。——

然而那定規的聲息不再回來了。止于寂靜，——大的，呼哨的寂靜。在最末的時刻，也停止了傾聽的緊張，這在約翰，彷彿是靈魂得了釋放，而且墜入了一個黑的，無底的空虛。他越墜越深。環繞他的是寂靜和幽暗。

于是響來了穿鑿的聲音，彷彿出自遠方似的。

「哦，這故事那也就到結局了。」

「好的，」號碼博士說，「那麼，你可以看一看這是什麼了。我都交付你。我應該去了。」

還半在夢裏，約翰看見晃耀着閃閃的小刀。

那貓做了一個弓腰，在身體旁邊冷起來了，牠又尋得了日照。

約翰看見，穿鑿怎樣地拿起一把小刀，仔細地審視，並且走向牀邊來。

于是約翰便擺脫了昏迷，當穿鑿走到牀邊之前，他就站在他前面。

「你要怎麼？」他問。因爲震悚，他大張着眼睛。

「我們要看看，這是怎麼一回事，」穿鑿說。

「不用，」約翰說，而且他的聲音響得深如一個男子的聲音。

「這是幹什麼？」穿鑿發着激烈的閃爍的眼光，問。「你能禁止我這事麼？你不知道我有多麼强麼？」

「我不要這事，」約翰說。他咬了牙關，並且深深地呼吸。他看定穿鑿，還向他伸出手去。

然而穿鑿走近了。于是約翰抓住他的手腕，而且和他格鬪。

穿鑿强，他是知道的，他向來未曾反抗他。但是他不退縮，不氣餒。

小刀在他眼前閃爍，他瞥見紅燄和火花，然而他不弛懈，並且繼續着格鬪。

他知道他倘一失敗，將有何事發生。他認識那事，他先前曾經目覩過。然而躺在他後面的是什麼呢，他的父親，而且他不願意看見那件事。(註)

當他們喘息着格鬪時中，他們後面橫着已死的身體，伸開而且不動，一如躺着一般。在平靜的瞬息間，眼白分明如一條線，嘴角弔起，顯着僵直的露齒的笑容。獨有那兩人在他們的爭鬪中撞着臥牀的時候，頭便微微地往來搖動。

約翰還是支持着，——呼吸不濟，他什麼都看不見了。當他眼前張起了一層血似的通紅的面紗。但他還站得住。

于是在他掌握中的那兩腕的抵抗力，慢慢地衰退了。他兩手中的緊張減少，臂膊懶散地落下，而且捏着拳的手裏是空虛了。

他擡眼看時，穿鑿消失了。只有死還坐在牀上，並且點頭。

註——用小刀的事，指醫學上的屍體解剖。

「這是你這邊正當的，約翰，」他說。

「他會再來麼？」約翰低聲說。死搖搖頭。

「永不，誰敢對他，就不再見他了。」

「旋兒呢？那麼，我將再見旋兒麼？」

那幽暗的人看着約翰許多時。他的眼光已不復使人恐怖了——却是溫和而加以誠懇：他吸引約翰如一個至大的深。

「獨有我能領你向旋兒去。獨由我能覓得那書兒。」

「那麼你帶着我罷，——現今，不再有人在這里了，——你也帶着我罷，像別人一樣；我不願意再下去了——……」

死又搖搖頭。

「你愛人類，約翰。你自己不知道，然而你永是愛了他們。成一個好人，那是較好的事。」

「我不願意——你帶着我罷……」

「不然，不然。你願意——你不能够別樣的……」

于是那長的，黑暗的形體，在約翰眼前如霧了。牠散成茫昧的形狀，一道霏微的灰色的煙靄，透過內房，並且升到日光裏去了。

約翰將頭俯在牀沿上，哭那死掉的人。

十四

許多時之後，他擡起頭來。日光斜照進來，且有通紅的光談。這都如直的金杖一般。

「父親！父親！」約翰低聲說。

外面的全自然，是因了太陽，被燦爛的金黃的熾浪所充滿了。每一片葉，都絕不動彈地掛着，而且一切沈默在嚴肅的太陽崇奉中。

而且和那光，一同飄來了一種和軟的聲息，似乎是明朗的光線們唱着歌：

「太陽的孩子！太陽的孩子！」

約翰昂了頭，傾聽着。在他耳朶裏瑟瑟地響：

「太陽的孩子！太陽的孩子！」

這像是旋兒的聲音。只有他曾經這樣地稱呼過他的，——他現在是在叫他麼？——然而他看見了身邊的相貌——他不願意再聽了。

「可憐的，愛的父親！」他說。

然而他周圍又忽地作響，從各方面圍着他，這樣强，這樣逼，至使他因爲這神奇的根觸而發抖了。

「太陽的孩子！太陽的孩子！」

約翰站起身來，且向外面看日。怎樣的光！那光是怎樣地華美呵！這漲滿了全樹梢，並且在草莽間發閃，還灑在黑暗的陰影裏。這又充滿了全天空，一直高到蔚藍中，最初的柔嫩的晚雲所組成的處所。

從草地上面望去，他在綠樹和灌木間看見岡頭。牠們的頂上橫着赤色的金，陰影裏懸着天的藍鬱。

牠們平靜地展伸着，躺在嫩釆的衣裝裏。牠們的輪廓的輕微的波動，是禱告似的招致和平的。約翰又覺得彷彿先前旋兒敎他禱告的時候了。

在藍衣中的光輝的形相，不是他麼？看哪！在光中央閃爍，在金藍的霧裏，向他招呼的，不是旋兒麼？

約翰慌忙走出，到日光中。他在那里停了一瞬息。他覺到光的神聖的敬禮，枝柯這樣地寂靜，他幾于不敢動彈了。

然而他前面那里又是光輝的形相。那是旋兒，一定的！那是。金髮的發光的頭轉向他了，嘴半開了，似乎他要呼喚。他用右手招致他，左手擎着一點東西。他用纖瘦的指尖高高地拿着牠，並且在他手中輝煌和閃爍。

約翰發一聲熱情洋溢的幸福的歡呼，奔向那心愛的現象去。然而那形相却升上去了，帶着微笑的面目和招致的手，在他前面飄浮。也屢次觸着地面，慢慢地彎腰向下，但又即輕捷地升騰，向遠處飄泛，彷彿因風而去的種子似的。

約翰也願意升騰，像他先前，像在他的夢裏一般，飄向那里去。然而大地掣回他的脚，他的脚步也沈重地在草地上絆住了。他穿過灌木，儘力覓他的道路，柯葉瑟瑟地拂着他的衣裳，枝條也鞭打他的臉。他喘息着爬上苔封的岡坡。然而他不倦地追隨着，並且目不轉睛地看着旋兒的發光的現象和在他擎起的手裏閃爍的東西。

他于是到了岡中間。炎熱的谷裏盛開着岡薔薇，用了牠們千數淺黃的花托，在日光中眺望。也開着許多別的花，明藍的，黃的和紫的，——鬱悶的熱躺在小谷上，並且抱着放香的雜草。强烈的樹脂的氣味，布滿空氣中。約翰前行時，微微地覺得麝香草和柔軟地在他脚下的乾枯的鹿苔的香氣。這是微醺的美觀。

他又看見，在可愛的，他所追隨的形象之前，斑斕的岡胡蝶怎樣地翩躚着。小而紅的和黑色的胡蝶，還有沙眸子，是帶着淡藍色的綢似的翅子的有趣的小蝶兒。生活在岡薔薇上的金色的甲蟲，繞着他的頭飛鳴，又有肥胖的土蜂，在矖萎的岡草間嗡嗡着跳舞。

只要他能到旋兒那里，那是怎樣地華美，怎樣地幸福呵。然而旋兒飄遠了，越飄越遠。他必須絕息地追隨。高大的淺色葉片的棘叢迎面而來，並且抓他，用了牠們的刺。他奔跑時，倘將那黯淡而蒙茸的王燭擠開了，牠們便搖起伸長的頭來。他爬上沙岡去，有刺的岡草將他的兩手都傷損了。

他衝過樺樹的矮林，那地方是草長至膝，有水禽從閃爍于叢莽之間的小池中飛起。茂密的，開着白花的山梔子，將牠的香氣夾雜着樺樹枝和繁生在溼地上的薄荷的芳香。

但那樹林，那叢綠，那各色的花朵，都過去了。只有奇異的，淡黃的海薊，生長在黯淡的稀疏的岡草裏。

在最末的岡排之巔，約翰看見了旋兒的形象。那東西在高擎的手裏，耀眼地生光。那邊有一種大而不停的騰涌，十分祕密地引誘着作聲，被涼風傳到。那是海。約翰覺得，這于他相近了，一面慢慢地上了岡頭。他在那上面跪下，並且向着海凝望。

當他從岡沿上起來的時候，紅談繞着他的周圍。晚雲爲了光的出發，已自成了羣了。牠們如一道雄偉的峯巒的大圈子，帶着紅熾的牆，圍繞着落日。海上是一條活的柴火的大路，即是一條發談的燦爛的光路，引向遙天的進口的。

太陽之後，眼睛還未能審視的處所，在光的洞府的深處，蠕動着藍和明紅參雜起來的嬌嫩的色采。在外面，沿着全部的遠天，晃耀着通紅的烈談和光條，以及從垂死的火的流血的毛毳中來的明亮的小點。

約翰等待着——直到那日輪觸着了通日的紅熾的路的最外的末端。

他于是向下看，在那路的開端上，是他所追隨的光輝的形象。一種乘坐器具，清晰而晃耀如水晶，在寬廣的火路上飄浮。船的一邊，立着旋兒的苗條的丰姿，金的物件在他手中燦爛。在別一端，約翰看出那幽暗的死來。

「旋兒！旋兒！」約翰叫喊。但在這一時，當約翰將近那神奇的乘具的時候，他一瞥道路的遠的那一端。在大火雲所圍繞的明亮的空間之中，他看見一個小小的黑色的形相。這逐漸大起來了，近來了一個人，靜靜地在洶湧的火似的水上走。

紅熾的波濤在他的脚下起伏，然而他沈靜而嚴正地近來了。這是一個人，他的臉是蒼白的，他的眼睛深而且暗。有這樣地深，就如旋兒的眼睛，然而在他的眼光裏是無窮的溫和的悲痛，爲約翰所從來沒有在別的眼裏見過的。

「你是誰呢？」約翰問，「你是人麼？」

「我更進！」他說。

「你是耶穌，你是上帝麼？」約翰問。

「不要稱道那些名字，」那人說，「先前，牠們是純潔而神聖如教士的法衣，貴重如養人的粒食，然而牠們變作傻子的獃衣飾了。不要稱道牠們，因爲牠們的意義成爲迷惑，牠的崇奉成爲嘲笑。誰希望認識我，他從自己拋掉那名字，而且聽着自己。」

「我認識你，我認識你，」約翰說。

「我是那個，那使你爲人們哭的，雖然你不能領會你的眼淚。我是那個，那將愛注入你的胸中的，當你沒有懂得你的愛的時候。我和你同在，而你不見我；我觸動你的靈魂，而你不識我。」

「爲什麼我現在纔看見你呢？」

「必須許多眼淚來弄亮了見我的眼睛。而且不但爲你自己，你却須爲我哭，那麼，我于你就出現，你也又認識我如一個老朋友了。」

「我認識你！——我又認識你了。我要在你那里！」

約翰向他伸出手去。那人却指向晃耀的乘具，那在火路上慢慢地漂遠的。

「看哪！」他說。「這是往凡有你所神往的一切的路。別一條是沒有的。沒有這兩條你將永遠覓不到那個。就選擇罷。那邊是大光，在那里，凡你所渴欲認識的，將是你自己。那邊，」他指着黑暗的東方，「那地方是人性和他們的悲痛，那地方是我的路。並非你所熄滅了的迷光，倒是我將和你爲伴。看哪，那麼你就明白了。就選擇罷！」

于是約翰慢慢地將眼睛從旋兒的招着的形相上移開，並且向那嚴正的人伸出手去。並且和他的同件，他逆着凛烈的夜風，上了走向那大而黑暗的都市，即人性和他們的悲痛之所在的艱難的路。

……………………………………

……………………………………

我大概還要給你們講一回小約翰，然而那就不再像一篇童話了。

附錄

拂來特力克·望·藹覃

荷蘭　波勒·兌·蒙德　著

在新傾向的詩人們——我永遠不懂爲什麼，大概十年以前，人還稱爲頹廢派的——之中，戈爾台爾，跛爾衞，克羅斯(Kloos)，斯華司，望兌舍勒，科貝路斯，望羅夷(van Looy)，藹侖斯(Ehrens)，——那拂來特力克望藹覃，那詩醫，確是最出名的，最被讀的，最被愛的，而且還是許多許多的讀者。望兌舍勒因爲實況的描寫有時有些粗率，往往將平均讀者推開，克羅斯因了詩體和音調上的一點艱澀，斯華司是因了過甚的細緻和在她的感覺的表現上有些單調。而他觸動，他引誘，藉着他的可愛的簡明，藉着理想的清晰，藉着兒童般的神思，還聯結着思想的許多卓拔的深。

當他在八十年代之初，發表了他的最初的大的散文詩，「小約翰」（De kleine Johannes），這迄今，——在荷蘭的一件大希罕事，——已經到了第四版的，這書惹起了偌大的注目，一個眞的激動在北方和南方，而且竟在麻木的荷蘭人那里。

許許多，是的，大部分，是憤怒了，對于那眞的使人戰慄的墳墓場面，當那穿鑿，那科學底研究的無情的精神，「不住地否認的精神」，將可憐的幼小的約翰，領到墳墓之間，死屍之間，蛆蟲之間，那在經營腐爛事業的……

許多人以爲這是「過度」（overspannen，荷蘭人所最喜歡的一個字），然而幾乎一切都進了那在故事的開端的，魅人的牧歌的可愛的幻惑裏：寂寞的夢幻的孩子在岡阜間的生活，在華美的花朶和許多動物之中，這些是作者自己也還是孩子一般永遠信任的：兎，蝦蟆，火螢和蜻蜓，這都使荷蘭的岡阜風景成爲童話的國土，一個童話的國土，就如我們的詩人愛之過于一切似的。

這故事的開演，至少是大部分，乃在幻惑之鄉，那地方是花卉和草，禽鳥和昆蟲，都作爲有思想的東西，互相談話，而且和各種神奇的生物往還，這些生物是全不屬于精神世界，也全不屬于可死者的，並且主宰着一種現時雖是極優勝，極偉大者也難于企及的力量和學問。

但在「童話」這字的本義上，「小約翰」也如譟勒泰都黎的小威綏(Woutertje)的故事似的，一樣地這樣少。却更勝于前一作品，僅有所聞和所見，在外界所能覺察的詩。這全體的表現雖是近于兒童的簡單的語言，而有這樣强制的威力，使人覺得並非夢境，却在一個親歷的眞實裏。

「小約翰」也如哲學底童話一般，有許多隱藏的自傳。這小小的寓言裏面的人物：旋兒，將知，榮兒，穿鑿，我們對于自然的詩，有着不自識的感覺，這些便是從這感覺中拔萃出來的被發見的人格化，而又是不可抵抗的知識慾，最初的可愛的夢，或是那眞實的辛辣的反話，且以牠們的使人喪氣的回答，來對一切我們的問題：怎麼樣，是什麼，爲什麼？

「愛倫，苦痛之歌」，作爲抒情詩的全體，是一個傷感的心的眞實的呼號，而且那純淨偉大的人性的高貴而正直的顯現，我們在這書的每一頁中都能看出。譪覃的這工作，是具有大的簡素和自然的性質的，凡在一首强烈的傷感和純淨的感覺的歌中，尤須特別地從高估計。沒有無端的虛擲，沒有徒然的繁碎，而且在每一吟，在每一短歌或歌中，仍然足有很多的景象，爲給思想和語氣以圓備的表現起見，在極嚴的自己批評之際是極有用的。

將這歌的純粹棲息在語氣上的內容，加以分析，是我極須自警的。倘將這一類的詩，一如詩人在這「語氣」裏所分給我們的那樣，照字面複述，怎樣地自從愛倫出現之後，生活纔在十分燦爛裏爲他展開，怎樣地他爲了她那出自心魂的對于他的善舉的感化，在那歌中向她致謝，我以爲是一種褻黷。所有現存的讐敵，沈默着和耗費着的，「不要聲音也不要眼光的」，却只是可憐的肉體自己，將他的星兒從他的臂膊上掣去得太早，遂使這歌的大部分，除是一個止于孤寂的詩人的靈魂的無可慰安的哀訴，他的寂寞的歌的哀訴，大苦痛的卓拔的表白之外，不能會有別樣了。

從他的「苦痛之歌」的外面的形式看來，望藹覃可以被稱爲一個極其音樂底詩人。「愛倫」的拈來和表出，即全如一種音樂底工作，但這工作，爲那善于出驚的通常的讀者，則又作別論。

然而這音樂底，幾乎只限于字聲的諧美，一種諧美，此外只能在我們的獨創而天才的戈爾台爾那里可以覓得牠。一切的子夜小歌，雖然我在第二首裏指出了很失律的一行，——最末的夾齣 (Intermezzo) 中的詩，尤其是可惜不能全懂的：,,All' mooie dingen verminderen‘‘和「尾聲」(Nachspiel)，在這觀點上都負着賞譽。

這歌的最圓滿的部分，照我的意見是第二和第三吟。單用這短歌 (Sonett)，已足舉一個詩人如望藹覃者爲大的，眞的，高的藝術家了。詩句是稀罕的，幾乎是女性的嬌柔，時時觸動讀者。在有幾篇，例如這子夜小歌的第三首，是詩人用了僅足與一篇古代極簡的民歌相比的簡單來表出，在言語，形式，景象上，完全未加修飾的。例之一：「現在我願意去死」，人將讀而又讀，永不會厭倦。

「約翰跋妥爾」，藹覃的第三種顯著的工作，據我的意見是被荷蘭的讀者完全誤會了，連那原有文學的修養者。由我看來，這是一本書，只有我們時代的最美者足與相比的，却絕不是因了牠的高尙的藝術的形式，也不是因了在裏面說及的哲學的純粹。這是一篇象徵底散文詩，其中並非敘述或描寫，而是號哭和歡呼，如現在已經長成了的約翰，當他在一個滿是人類的悲痛的大都市中，擇定了他的住所之後，在那里經歷着哀愁的道路，由哀愁與愛，得了他自己的性格的清淨，這兩者是使他成為明潔的，遐想的和純覺的人的。我不大懂得這書，這個，我樂于承諾，並非這樣地容易懂得，有如通行的抗宣斯(Conscience)的一個故事，或者頗受歡迎的望倫芮普(van Lennep)，或如珂支菲勒特(Koetsveld)或培克斯坦因(Bechstein)的一篇童話。這是一本書，人可以如侃丕斯 (Thamas a Kempis) 的一般，讀十遍，是的，讀一百遍，爲的是永遠從中發見新的和美的。

「弟兄」是用戲曲底形式所成就的，而詩人却還稱牠爲悲劇……並非照着古式的悲劇，倒不如說是一篇敍事詩，那外面的服飾使人憶及悲劇，但仍然並不盡合，雖然從中也發生合唱。這是一篇戲曲底敍事詩，一如瑪達赫的「人的悲劇」(Madachs "Tragädie des Menschen")，浩司訶蒂的「流人」(Hausohofers, "Verbannte")瞿提的「孚司德」(Goethes "Faust")。我不願深入這書的哲學底觀察，雖然望藹覃有着這樣的一個目的，也是眞的。在我，那「弟兄」用了藝術家的眼睛便够觀察，而且我樂于承認，這工作，即使也有些人對于全體的結構或幾部分有所責備，然而遠過于中庸了。要從牠來期待大的戲曲底效果，是不行的，但牠的最好的地方，如彼得和伊凡在墨斯科侯家的弟兄血戰，却給我們一個大的，成形的景象。

這「弟兄」的大反對，除了「理亞波」("Lioba")便難于着想了。這戲曲，較好不如說是這戲曲底童話，所施給我們的印象，大部分其實是風俗圖。然而較之那樣的戲曲，即倘有藝術家們，如那時在波亞(Lugné Poë)之下，最新的法國和德國的戲場改革者所曾經實演的許多新試驗一般，起而開演，便將收穫不少的歡迎，如那別有較勝于牠之處的默退林克的「沛萊亞和美理桑」(Maeterlincks "Pelléas et Mélisande")者，也已相去得如此之遠。

按材料和根本思想，「理亞波」徹頭徹尾是德國底。在拈得上，尤其是在結末上，多多少少，和「孚司德」的第二分相同。

,,Jam vitae flamina,
rumpe, o anima!
Ignis ascendere
gestit, et tendere
ad coeli atria
Haec mea patria.

雖然也還遠一點，這不使人憶及「孚司德」的奇美的結末合唱：「一切過去的不過是一樣」麼？因爲叙述戀愛，這一樣的根本思想也貫澈全篇中。

這篇的開首，是那女的主要人物，將作苦行的童貞的理亞波，當她將入菴院的前一天，立在她的花卉之間；她在高興她還無須穿童貞的法服。她沈思地站着時，有游獵的事接近了。她觀看蒼鷺和鷹在空中的鬪爭，而當她打算救那可憐的受傷的鳥的時候，近來了荷蘭的諾爾王，赫拉爾特(Harald)。王一見她柔和地懷抱和愛護那禽鳥時，他對她說：

「阿，你溫和的柔順的小姑娘，
你要這麼柔和地懷抱這野的鳥兒，
你不肯喜歡是一個母親麼，
並且靜穩地撫育一個小兒？

他用這話觸動了理亞波心情中的强有力之處，即母愛的衝動。她隨着年老的白髮的王，忘却了禁慾的誓願，而且成爲他的妻了。然而她沒有生產一個孩子，永不生產，雖然人們責備她，以爲她有和一個勇士私通的有罪的戀愛——和她在寂寞中愛過的丹珂勒夫(Tancolf)，縱或全然無罪，因爲她的嘴唇只有一次當月夜裏在沙岡上觸着他的馬的胸脯，——却生了一個孩子。她丈夫死後，被一切所擯棄了，負着重罪，她和他一同燒死在烈燄的船裏。

既不論那直到現在還未完成的「影象和實質之歌」(德譯 "Liede von Schein und Wesen")，更不論那哲學底，社會底，醫學底和文學底論著的種種的結集，這固然含有許多値得注意的，而且也如凡有望藹覃所寫的一切一樣，在現今的荷蘭文學上，顯然是最高和最貴的東西，然而我爲紙幅所限。我臨末只還要揭出「零星的韻言」("Enkele Verzen")來，這是幾月以前所發表的他的最近的工作，克羅斯也在「新前導」上說過：「詩人只是那個，那詩，無論爲誰，都不僅是空洞的文字游戲，却是他的靈魂的成了音樂的感覺……」

倘在這一種光中觀察牠，則拂來特力克望藹覃的這「零星的韻言」，在我們現今的文學所能提示的書籍裏，是屬于最美的。宛如看不見地呼吸着，噴出牠的幽靜的生活來的，幽靜而潔白的花朶者，是這韻文。牠將永遠生存。

望藹覃，先前以醫生住在亞摩斯達登，自停止了手術以來，就也如許多別的北荷蘭的著作家一樣，住在蒲松。他不僅是最大的我們的現存的詩人之一，也是最良善，最高超的人。到他那里去，人說，正如往老王大闢（David），是「負着負擔的人，以及有着信仰的人」。的確，雖然他從來不索報酬，而他醫治他的病者，撫養衰老者，無告者，人說，他的醫治，大抵是用那上帝給他多于別個詩人的，神奇的力，——磁力的崇高的電流，那祕密，他已經試驗而且參透了。因爲充當醫生，他也是屬于第一等……

動植物譯名小記

關于動植物的譯名，我已經隨文解釋過幾個了，意有未盡，再寫一點。

我現在頗記得我那賸在北京的幾本陳舊的關于動植物的書籍。當此「討赤」之秋，不知道牠們無恙否？該還不至于犯禁罷？然而雖在「革命策源地」的廣州，我也還不敢妄想從容；爲從速完結一件心願起見，就取些巧，寫信去問在上海的周建人君去。我們的函件往返是七回，還好，信封上背着各種什麼什麼檢查訖的印記，平安地遞到了，不過慢一點。但這函商的結果也並不好。因爲他可查的德文書也只有Hertwig的動學和Strassburger的植物學，自此查得學名，然後再查中國名。他又引用了幾回中國惟一的「植物學大辭典」。

但那大辭典上的名目，雖然都是中國字，有許多其實乃是日本名。日本的書上確也常用中國的舊名，而大多數還是他們的話，無非寫成了漢字。倘若照樣搬來，結果即等于沒有。我以爲是不大妥當的。

只是中國的舊名也太難。有許多字我就不認識，連字音也讀不清；要知道牠的形狀，去查書，又往往不得要領。經學家對于「毛詩」上的鳥獸草木蟲魚，小學家對于「爾雅」上的釋草釋木之類，醫學家對于「本草」上的許多動植，一向就終于注釋不明白，雖然大家也七手八脚寫下了許多書。我想，將來如果有專心的生物學家，單是對于名目，除採取可用的舊名之外，還須博訪各處的俗名，擇其較通行而合用者，定爲正名，不足，又益以新製，則別的且不說，單是譯書就便當得遠了。

以下，我將要說的照着本書的章次，來零碎說幾樣。

第一章開頭不久的一種植物Kerbel就無法可想。這是屬于繖形科的，學名AnthrisCUS 。但查不出中國的譯名，我又不解其義，只好譯音：凱白勒。幸而牠只出來了一回，就不見了。日本叫牠シセク。

第二章也有幾種：

Buche是歐洲極普通的樹木，葉卵圓形而薄，下面有毛，樹皮褐色，木材可作種種之用，果實可食。日本叫作橅(Buna)，他們又考定中國稱為山毛欅。「本草別錄」云：「欅樹，山中處處有之，皮似檀槐，葉如櫟槲。」很近似。而「植物學大辭典」又稱椈。椈者，柏也，今不據用。

約翰看見一個藍色的水蜻蜓(Libelle)時，想道：「這是一個蛾兒罷。」蛾兒原文是Feuerschmetterling，意云火胡蝶。中國名無可查考，但恐非胡蝶；我初疑是紅蜻蜓，而上文明明云藍色，則又不然。現在姑且譯作蛾兒，以待識者指教。

旋花(Winde)一名鼓子花，中國也到處都有的。自生原野上，葉作戟形或箭鏃形，花如牽牛花，色淡紅或白，午前開，午後萎，所以日本謂之晝顏。

旋兒手裏總愛拿一朶花。他先前拿過燕子花(Iris)；在第三章上，却換了Maiglöckchen（五月鐘兒）了，也就是Maiblume（五月花）。中國近來有兩個譯名：君影草，鈴蘭。都是日本名。現用後一名，因爲比較地可解。

第四章裏有三種禽鳥，都是屬于燕雀類的：——

一，Pirol。日本人說中國叫「剖葦」，他們叫「葦切」。形似鶯，腹白，尾長，夏天居葦叢中，善鳴噪。我現在譯作鶯鷦，不知對否。

二，Meise。身子很小，嘴小而尖，善鳴。頭和翅子是黑的，兩頰却白，所以中國稱爲白頰鳥。我幼小居故鄉時，聽得農人叫牠「張飛鳥」。

三，Amsel。背蒼灰色，胸腹灰青，有黑斑；性機敏，善于飛翔。日本的「鶫林」以爲即中國的白頭鳥。

第五章上還有兩個燕雀類的鳥名：Rohrdrossel und Drossel。無從考查，只得姑且直譯爲葦雀和噞雀。但小說用字，沒有科學上那麼縝密，也許兩者還是同一的東西。

熱心于交談的兩種毒菌，黑而胖的鬼菌(Teufelsschwamm)和細長而紅，且有斑點的捕蠅菌（Fliegenschwamm），都是直譯，只是「捕」字是添上去的。捕蠅菌引以自比的鳥莓（Vogelbeere），也是直譯，但我們因爲莓字，還可以推見這果實是紅質白點，好像桑葚一般的東西。「植物學大辭典」稱爲七度竈，是日本名Nanakamado的直譯，而添了一個「度」字。

將種子從孔中噴出，自以爲大幸福的小菌，我記得中國叫作酸漿菌，因爲牠的形狀，頗像酸漿草的果實。但忘了來源，不敢用了；索性直譯德語的Erdstern，謂之地星。「植物學大辭典」稱爲土星菌，我想，大約是譯英語的Earthstar的，但這Earth 我以爲也不如譯作「地」，免得和天空中的土星相混。

第六章的霍布草(Hopfen)是譯音的，根據了「化學衛生論」。

紅膝鳥(Rotkehlchen)是譯意的。這鳥也屬于燕雀類，嘴闊而尖，腹白，頭和背赤褐色，鳴聲可愛。中國叫作知更雀。

第七章的翠菊是Aster：，莘尼亞是 Zinnia 的音譯，日本稱爲百日草。

第八章開首的春天的先驅是松雪草(Schneeglöckchen)，德國叫牠雪鐘兒。接着開花的是紫花地丁(Veilchen)，其實並不一定是紫色的，也有人譯作堇草。最後纔開蓮馨花(Primel od. Schlüsselblume)日本叫櫻草，「辭林」云：「屬櫻草科，自生野山間。葉作卵狀心形。花莖長，頂生繖狀的花序。花紅紫色，或白色，狀似櫻花，故有此名。」

這回在窗外常春藤上吵的鬧白頭翁鳥，是Star的翻譯，不是第四章所說的白頭鳥了。但也屬于燕雀類，形似鳩而小，全體灰黑色，頂白；棲息野外，造巢樹上，成羣飛鳴。一名白頭髮。

約翰講的池中的動物，也是我們所要詳細知道的。但水甲蟲是Wasserkäfer的直譯，不知其詳。水蜘蛛（Wasserläufer）其實也並非蜘蛛，不過形狀相像，長只五六分，全身淡黑色而有光澤，往往羣集水面。「辭林」云，中國名水黽。因爲過于古雅，所以不用。鯢魚(Salamanber)是兩棲類的動物，狀似蜥蜴，灰黑色，居池水或溪水中，中國有些地方簡直以供食用。刺魚原譯作Stichling，我想這是不對的，因爲牠是生在深海的底裏的魚。Stachelfisch纔是淡水中的小魚，背部及腹部有硬刺，長約一尺，在水底的水草的莖葉或鬚根間作窠，產卵于內。日本稱前一種爲硬鰭魚，俗名絲魚；後一種爲棘鰭魚。

Massliebchen不知中國何名，姑且用日本名，曰雛菊。

小約翰自從失掉了旋兒，其次榮兒之後，和花卉蟲鳥們也疏遠了。但在第九章上還記着他遇見兩種高傲的黃色的夏花：Nachtkerze und Königskerze，直譯起來，是夜燭和王燭，學名Oenother biennis et Verbascum thapsus。兩種都是歐洲的植物，中國沒有名目的。前一種近來輸入得頗多；許多譯籍上都沿用日本名：月見草。月見者，玩月也，因爲牠是傍晚開的。但北京的花兒匠卻曾另立了一個名字，就是月下香；我曾經採用在「桃色的雲」裏，現在還仍舊。後一種不知道底細，只得直譯德國名。

第十一章是淒慘的遊覽墳墓的場面，當然不會再看見有趣的生物了。穿鑿唸動黑暗的咒文，招來的蟲們，約翰所認識的有五種。蚰蜒和蜈蚣，我想，我們也誰都認識牠，和約翰有同等程度的。鼠婦和馬陸較爲生疏，但我已在引言裏說過了。獨有給他們打燈籠的 Ohrwurm ，我的「新獨和辭書」上注道：蠼螋。雖然明明譯成了方塊字，而且確是中國名，其實還是和 Ohrwurm 一樣地不能懂，因爲我終于不知道這究竟是怎樣的東西。放出「學者」的本領來查古書，有的，「玉篇」云：「蛷螋，蟲名；亦名蠼螋。」還有「博雅」云：「蛷螋，蛷蝬也。」也不得要領。我也只好私淑號碼博士，看見中國式的號碼便算滿足了。還有一個最末的手段，是譯一段日本的「辭林」來說明牠的形狀：「屬于直翅類中蠼螋科的昆蟲。體長一寸許；全身黑褐色而有黃色的脚。無翅；有觸角二十節。尾端有歧，以挾小蟲之類。」

第十四章以 Sandäuglein 爲沙眸子，是直譯的，本文就說明着是一種小胡蝶。

還有一個 münze ，我的「新獨和辭書」上除了貨幣之外，沒有別的解釋。喬峰來信云：「查德文分類學上均無此名。後在一種德文字典上查得 münze 可作 minze 解一語，而 minze 則薄荷也。我想，大概不錯的。」這樣，就譯爲薄荷。

魯　迅。

一九二七年六月十四日寫訖。

未名叢刊：12，小約翰

實價八角　不許翻印

1. *苦悶的象徵。日本厨川白村作；魯迅譯。再版已出。價五角。
2. *蘇俄的文藝論戰。俄國褚沙克等作；任國楨譯。價三角五分。
3. 出了象牙之塔。日本厨川白村作；魯迅譯。再版已出。價七角。
4. 往星中。俄國安特列夫作；李霽野譯。價四角五分。
5. 窮人。俄國陀思妥夫斯基作；韋叢蕪譯。在再版。
6. *十二個。俄國勃洛克作；胡斅譯。價三角五分。
7. 外套。俄國果戈理作；韋素園譯。價三角。
8. 白茶。俄國班柯等作；曹靖華譯。價五角。
9. *爭自由的波浪。俄國但兼珂等作；董秋芳譯。價五角五分。
10. *工人綏惠略夫。俄國阿爾志跋綏夫作；魯迅譯。價六角。

11. ＊一個青年的夢。日本武者小路實篤作；魯迅譯。價八角。

13. 文學與革命。俄國特羅茨基作；韋素園與李霽野譯。即出。

14. 黃花集。俄國詩歌，小品，散文；韋素園譯。在印。

15. 格里佛遊記。英國斯惠夫德作；韋叢蕪譯。在印。

16. 黑假面人。俄國安特列夫作；李霽野譯。在印。

17. 煙袋。俄國愛倫堡等作；曹靖華譯。在印。

18. 罪與罰，俄國陀思妥夫斯基作；韋叢蕪。待印。

19. 蠢貨。俄國契訶夫等作；曹靖華譯。待印。

北京馬神廟西老胡同一號 未名社 發行

有＊號者 北新書局 發行